1 April 2021

LITERATUR IM UNTERRICHT

Texte der Gegenwartsliteratur für die Schule

Inhalt

Herausgegeben von — Jan Standke

Verlag — WVT Wissenschaftlicher Verlag Trier, Bergstraße 27, 54295 Trier
Tel.: 0651/41503, Fax: 41504, www.wvttrier.de, wvt@wvttrier.de

ISSN — 1615-6447

LiU erscheint dreimal im Jahr und kann durch jede Buchhandlung oder direkt vom Verlag bezogen werden. Jahresbezugspreis (3 Hefte): € 39,- (Inland); Einzelheft: € 18,- (Inland); jeweils zzgl. Versandspesen; alle Preise inklusive 7% MwSt.; Jahresabonnements sind im Voraus – nach Erhalt des jeweils ersten Heftes – zu begleichen. Abbestellungen sind nur zum Jahresende möglich und müssen dem Verlag bis zum 5. November vorliegen.

wvt Wissenschaftlicher Verlag Trier

LITERATUR IM UNTERRICHT
Texte der Gegenwartsliteratur für die Schule

Anschriften der Autor(inn)en dieses Heftes:

Gastherausgeberin: PD Dr. Nicola König, Philipps-Universität Marburg, FB 09, Institut für Neuere deutsche Literatur, Deutschhausstr. 3, 35032 Marburg

Prof. Dr. Thomas Boyken, Carl von Ossietzky Universität Oldenburg, Institut für Germanistik, Ammerländer Heerstr. 114-118, 26129 Oldenburg

Prof. i.R. Dr. Dr. h.c. Hans-Heino Ewers, Erlenring 6, 61118 Bad Vilbel

PD Dr. Ines Heiser, Philipps-Universität Marburg, FB 09, Institut für Neuere deutsche Literatur, Deutschhausstr. 3, 35032 Marburg

Karima Lanius, Universität Paderborn, Institut für Germanistik und Vergleichende Literaturwissenschaft, Mersinweg 3, 33100 Paderborn

Pia-Maren Mohr, Philipps-Universität Marburg, FB 09, Institut für Neuere deutsche Literatur, Deutschhausstraße 3, 35032 Marburg

Franziska Plettenberg, Philipps-Universität Marburg, FB 09, Institut für Neuere deutsche Literatur, Deutschhausstraße 3, 35032 Marburg

Prof. Dr. Dieter Wrobel, Universität Würzburg, Lehrstuhl für Didaktik der deutschen Sprache und Literatur, Am Hubland, 97074 Würzburg

---

Herausgeber:

Prof. Dr. Jan Standke (j.standke@tu-braunschweig.de), Technische Universität Braunschweig, Institut für Germanistik, Lehrstuhl für Didaktik der deutschen Literatur, Bienroder Weg 80, 38106 Braunschweig

---

Schriftleitung:

Jacqueline Tümler, M.Ed. (j.tuemler@tu-braunschweig.de), Technische Universität Braunschweig, Institut für Germanistik, Lehrstuhl für Didaktik der deutschen Literatur, Bienroder Weg 80, 38106 Braunschweig

---

Verlagsredaktion:

Markus Nußbaum, M.A., Wissenschaftlicher Verlag Trier, Bergstraße 27, 54295 Trier

---

Hinweise für Autor(inn)en:

Die Manuskripte sollten als word-Dokument per E-Mail an die Schriftleitung gesendet werden. Wir bitten die Autor(inn)en zu beachten, dass die bibliografischen Angaben in den Fußnoten erfolgen und daher kein eigenes Literaturverzeichnis notwendig ist. Am Ende des Manuskripts wird die postalische Adresse des Autors erbeten, die in der Zeitschrift veröffentlicht werden darf, sowie ein kurzer Lebenslauf, dem die derzeitige Funktion, Forschungsschwerpunkte etc. zu entnehmen sind. Nach Sichtung des Manuskripts durch den Herausgeber der Zeitschrift erhalten die Autor(inn)en Rückmeldung mit der Bitte um sorgfältige Durchsicht. Nachträgliche (vom Manuskript abweichende) Korrekturen müssen den Autor(inn)en in Rechnung gestellt werden. – Die Autor(inn)en erhalten drei Hefte der jeweiligen Ausgabe.

Editorial

Komik in der Kinder- und Jugendliteratur

Von Nicola König (Gastherausgeberin)

Wenn dieses Heft der Komik in aktueller Kinder- und Jugendliteratur (KJL) gewidmet ist, dann geschieht dies vor dem Hintergrund, dass Komik einen entscheidenden Wert und eine besondere Qualität von Literatur darstellt. Komik ist in allen Gattungen der Literatur anzutreffen und weist eine große Bandbreite an Realisierungsformen auf. Um sich dem Komischen anzunähern, müssen jeweils sowohl das Objekt – was ist komisch und worüber lachen wir – als auch das Subjekt – wer reagiert wie auf das Komische – mitgedacht werden. Komik ist demnach ohne ihre Wirkung nicht denkbar. Was jedoch eine Gesellschaft und im engeren Sinne Autorinnen und Autoren sowie ihre Leser und Leserinnen als komisch empfinden und worüber sie lachen, ist aufgrund des Normbewusstseinswandels Veränderungen unterworfen.[1] Obwohl es überzeitliche Dimensionen des Komischen gibt – besonders auf der Ebene der Situations- und Körperkomik – hat jede Gesellschaft und jede Generation ihre eigenen Inhalte und Darstellungsformen, die sie als komisch empfindet. Es soll demnach in dieser Ausgabe der Frage nachgegangen werden, wie sich 2021 Komik in KJL präsentiert und worüber die Rezipientinnen und Rezipienten (noch) lachen können.

Den Gegenstand der Komik zu erfassen, erfordert sowohl eine theoretische als auch eine historische Fundierung. Die historische Perspektivierung entfaltet HANS-HEINO EWERS in seinem Beitrag, indem er nachweist, dass das Kinderliterarische auf drei Säulen steht: der Aufklärung, der Literatur der Romantik, aber auch der frühen Neuzeit. Für ihn stellt Kinderliteratur mit ihren schwankhaften und karnevalesken Elementen einen Aufbewahrungsort der Lachkultur der Renaissance dar. Komiktheorien selbst sind jedoch in der Regel nicht explizit für KJL formuliert. Es muss demnach diskutiert werden, ob die jeweiligen theoretischen Rahmungen auch für KJL anwendbar sind. Um den Gegenstand des Komischen zu systematisieren, soll der Einteilung Horns gefolgt werden, der das Komische in das Subjekt und das Objekt des Lachens unterteilt:[2] Damit gilt es zum einen, die Wirkungsästhetik zu berücksichtigen und damit das aufnehmende Subjekt, zum anderen das Was, das zum Lachen reizt. Das können – nach Horn – das Lächerliche, also der komische Gegenstand, oder das Lus-

1 Vgl. Helmuth Plessner, 1982, Lachen und Weinen. Eine Untersuchung nach den Grenzen menschlichen Verhalten (1941), in: Gesammelte Schriften, Band VII: Ausdruck und menschliche Natur, hrsg. von Günter Dux et al., Frankfurt a.M.: Suhrkamp, S. 290-304.

2 András Horn, 1988, Das Komische im Spiegel der Literatur. Versuch einer systematischen Einführung, Würzburg: Königshausen u. Neumann, S. 19.

tige, der „Produzent des Komischen“[3] sein. Auf struktureller Ebene stellt sich die Frage nach der Funktion und Integration des Komischen in den Text. So impliziert auf der Textoberfläche Komik das Plötzliche und die Betonung des Affektiven und das Lachen als Reaktion auf das Komische stellt die körperliche und affektive Antwort dar. Die Anspannung der Aufmerksamkeit der Lektüre löst sich; das Überraschende sorgt dafür, dass wir von der „Paradoxie der Aufmerksamkeit“[4] befreit werden – schmunzeln, lächeln oder lachen. Unsere körperlichen Reaktionen lassen für einen Moment eine verinnerlichte, zumeist einsam verlaufende Lektüre nach außen dringen. Besonders in Kinderbüchern spielt die Körperkomik im Sinne Bergsons eine zentrale Rolle: Die Aufmerksamkeit der Leser und Leserinnen wird auf das Äußere gelenkt, für das ein Übermaß an – narrativem – Aufwand betrieben wird. So zeigt das Komische in seinen Spielarten Elemente eines Automatismus: Lebendiges erstarrt und wird mechanisch. Erfordert eine reibungslose Kommunikation Flexibilität und Anpassungsfähigkeit, so nehmen wir als Abweichungen Wortwiederholungen, Vertauschungen oder auch Stottern wahr, ebenso den übermäßigen Gebrauch von Worthülsen und Redensarten. Auf der körperlichen Ebene zeigen sich diese Automatismen in Form von Stolpern, Stillstand, Starrheit oder verlangsamten Reaktionen. Ganze Generationen haben durch diese Körperkomik von Stan Laurel und Oliver Hardy in den Figuren *Dick & Doof* ihre Komiksozialisation erlebt und Komik als etwas Zeit- und Generationenübergreifendes erfahren. Den Aspekt der Körperlichkeit literarischer Figuren nimmt THOMAS BOYKEN in seinem Beitrag über die Kinderbilderbücher von Marc-Uwe Kling und Astrid Henn zum Ausgangspunkt, um sich mit dem subversiven Potential der Figuren auseinanderzusetzen, das sich in dem Entwurf einer Gegenkultur artikuliert. Pädagogische Normen werden zurückgewiesen, bieten aber gleichzeitig den kindlichen wie erwachsenen Rezipientinnen und Rezipienten eine Spielwiese für eine gesellschaftspolitische Kritik.

Ist Tollpatschigkeit in Kinderbüchern noch immer ein zentrales Element – man denke nur an die Antiheldenfigur *Greg* aus Jeff Kinneys erfolgreicher Kinderbuchreihe –, so erfordert eine „Ungelenkigkeit der Sinne“[5] eine andere Deutung durch die Lesenden. Je stärker der Intellekt einer Figur und damit die Fremdbestimmung betroffen sind, desto häufiger sind auch die Normen einer Gesellschaft und die damit verbundenen Erwartungen involviert. INES HEISER stellt in ihrem Beitrag die Frage, ob und wie marginalisierte Gruppen – im konkreten Romanbeispiel Förderschüler – komisiert werden dürfen. Anhand von Tobias Steinfelds Roman *Scheiße bauen: sehr gut* entfaltet sie das Potential der Komik zur Entwicklung einer inklusiven Haltung. Komik definiert sich dabei durch einen Kontrast zum Gewohnten und Erwarteten und durch eine Differenz zwischen Norm und Normverletzung, Regel und Regelwidrig-

---

3 Ebd.

4 Karlheinz Stierle, 1976, Komik der Handlung, Komik der Sprachhandlung, Komik der Komödie, in: Das Komische. Poetik und Hermeneutik VII, hrsg. von Wolfgang Preisendanz und Rainer Warning, München: Wilhelm Fink, S. 237-268, S. 250.

5 Henri Bergson, 1921, Das Lachen. Jena: Eugen Diederichs, S. 11.

keit, Sinn und Unsinn, Erhabenen und Lächerlichen, Angemessenen und Unangemessenen. Etwas als komisch wahrzunehmen, setzt demnach ein Vergleichen voraus: zwischen der Norm und ihrer Verletzung, der erwarteten Handlung und ihrer Abweichung, zwischen dem Lesenden und der als komisch empfundenen Figur. Obwohl dieser Abgleich – vor allem bei jüngeren Leserinnen und Lesern – nicht immer bewusst erfolgt, handelt es sich doch bei der Lektüre komischer Literatur häufig um eine aktive Auseinandersetzung mit den jeweiligen Normen, die mit unseren eigenen Erwartungen kollidieren. Über eine Textstelle mit einem Lachen zu reagieren, impliziert somit immer auch die Freiheit der Interpretation und eine Absage an eine eindeutige Sinnzuschreibung. Vor diesem Hintergrund ist es fraglich, ob das Komische stets auf „der Seite des Infantilen"[6] ist. Dass bei zahlreichen Werken der komischen Kinder- und Jugendliteratur eine Mehrfachadressierung vorliegt, thematisiert KARIMA LANIUS, die sich mit Clemenz Setz' *Till Eulenspiegel* beschäftigt. Sie betont, dass durch die Darstellung der Narreteien der literarischen Figur Tills auch gesellschaftliche und ethische Kontrollmechanismen infrage gestellt werden. Damit verhandelt Komik in KJL häufig zentrale Dimensionen einer Gesellschaft und hinterfragt deren Normen. Gleichzeitig stellt das Komische eine Entlastungs- und Bewältigungsstrategie dar, indem – so PIA-MAREN MOHR und FRANZISKA PLETTENBERG in ihren Ausführungen zu Sassens und Engströms Jugendromanen – dem Tragischen eine subtile Leichtigkeit entgegengesetzt werde. Dies setzt allerdings voraus, dass die jeweiligen Normen bekannt sind und verhandelt werden.

An dieser Stelle deutet sich das literaturdidaktische Potential komischer Literatur an; dies betrifft gleichermaßen die Textauswahl wie die behandelten Themen. Während vor allem kindliche Leser komischen Heldinnen und Helden eine große Sympathie entgegenbringen und diese ihnen eine Identifikation erlauben, erfordert das Thematisieren des Komischen eine Auseinandersetzung mit der Wirkungsästhetik eines Textes. Warum über eine Textstelle gelacht werden kann oder nicht, bietet Redeanlässe: So erzeugen Abweichungen Irritationen und Normüberschreitungen erfordern, die jeweiligen Normen zu markieren und zu thematisieren. Gleichzeitig beinhaltet das Verbalisieren und die Analyse der Wirkung eine Rollenübernahme. Erst wenn die Perspektiven der literarischen Figuren nachvollzogen wurden, können die Leser und Leserinnen entscheiden, ob eine Normüberschreitung und -verletzung als folgenlos oder folgenreich, harmlos oder das System verletzend bewertet wird. Damit aber ist eine komische Lektüre häufig eine polyvalente Lektüre, die einen affektiven Zugang gleichermaßen ermöglicht, wie sie im Gespräch über das, was uns zum Lachen reizt, eine intelligente, emanzipatorische Lektüre erfordert.

In der Rubrik *Vergessene Texte der Moderne wiedergelesen* erinnert DIETER WROBEL an Vicki Baums Komödie *Pariser Platz 13* (1930), in der das auch heute noch relevante Thema der Schönheitsindustrie verhandelt wird.

---

6 Sigmund Freud, 1905, Der Witz und seine Beziehung zum Unbewussten, in: Psychologische Schriften, Band IV, hrsg. von Alexander Mitscherlich et al., Frankfurt a.M.: Fischer Taschenbuch Verlag 2000, S. 9-219, S. 209.

Ein Nachhall der Lachkultur der Renaissance

Versuch über schwankhaft-karnevaleske Kinderliteratur

Von Hans-Heino Ewers

Es gehört zum Ritual einschlägiger Fachorganisationen und -zeitschriften, in gewissen Abständen mit einer Tagung bzw. einem Themenheft aufzuwarten, das sich mit Komik und Humor in der Kinder- und Jugendliteratur befasst.[1] Im vorliegenden Fall ist es nicht anders. Auch in Handbüchern finden sich in der Regel entsprechende Artikel.[2] Was die Themenhefte angeht, so lässt sich zumeist kein äußerlicher Anlass erkennen.[3] Ein solcher könnte beispielsweise der mehr oder weniger überraschende Erfolg bestimmter Serien für Kinder oder Jugendliche sein, die mit einer neuen Art von Komik aufwarten. Man kann sich des Eindrucks nicht erwehren, es mit einer Pflichtübung der Kinder- und Jugendliteraturwissenschaft und -didaktik zu tun zu haben. Wie es sich für intrinsisch motivierte Rituale gehört, werden sie absolviert, ohne nennenswerte Auswirkungen zu haben. Die in Literaturkritik und -didaktik herrschenden grundlegenden Auffassungen über Sinn und Zweck von Kinder- und Jugendliteratur werden allem Anschein nach davon wenig berührt.

1. Komiktheorie ohne Bodenhaftung

Die begrenzte Wirkung von derlei Tagungen und Themenheften hängt gewiss auch damit zusammen, dass die Einzelbeiträge sich mehrheitlich nur auf ein herausgegriffenes Kinder- und Jugendmedienprodukt, oft auf eine Serie, konzentrieren, um dessen komische Züge herauszuarbeiten. Dabei kommen grundlegende Fragen wie auch übergreifende, geschweige denn historische Zusammenhänge in der Regel nicht zur Sprache. Neben diesen isolierten Studien sind jedoch auch hochkarätige Grundlagenartikel zu finden, die heute nichts an Aktualität verloren haben. Diese stammen von Maria Lypp und Rüdiger Steinlein und sind nicht zuletzt mit einer Tagung von 1991 verknüpft, deren Ergebnisse ein Jahr später unter dem Titel *Komik im Kinderbuch. Erscheinungsformen des Komischen in der Kinder- und Jugendliteratur* erschienen

1 Einschlägige Tagungen haben 1970 und 1991 stattgefunden; eine weitere war für 2020 in Greifswald geplant.

2 Vgl. bspw. Gabriele Czech, 2000, Komik in der Kinder- und Jugendliteratur der Gegenwart, in: Taschenbuch der Kinder- und Jugendliteratur, Bd. 2, hrsg. von Günter Lange, Baltmannsweiler: Schneider, S. 862-887. Dort ein umfangreiches Sekundärliteraturverzeichnis.

3 Hier soll lediglich auf das Themenheft „Witz komm raus… Komik und Humor als Thema der KJL“ Bezug genommen werden; vgl. kjl&m 2, 2009.

sind.[4] Diese Publikation darf bis heute als grundlegend für die Thematik gelten. Dies gilt auch für den dort abgedruckten, historisch weitausgreifenden Beitrag von Gina Weinkauff über *lustige Figuren in der epischen Kinderliteratur*.[5]

Ungeachtet der bei Lypp, Steinlein und Weinkauff nachgezeichneten historischen Entwicklungslinien lässt sich doch ein gewisser literaturtheoretischer Überhang konstatieren. Die Beschäftigung mit dem Komischen ist – im Unterschied zu der Befassung mit Motiven, Inhalten und Themen – ausgesprochen theoriebedürftig. Und so nimmt die Beschäftigung mit Theorien des Komischen von Helmers, Henrich bis zurück zu Bachtin in einschlägigen Beiträgen späterer Jahre[6] auch einen erheblichen Platz ein. So verspricht das Themenheft der Zeitschrift *kjl&m* von 2009 einen „Einblick in den gegenwärtigen Diskussionsstand der Komik in der Kinderliteraturforschung“[7], während auf den Entwicklungsstand der komischen Kinderliteratur als solcher nur Schlaglichter geworfen werden. Gewiss ist die Beschäftigung mit den diversen Komiktheorien wie auch mit der psychologischen Erforschung des kindlichen Komikverständnisses[8] von zentraler Bedeutung. Doch fragt es sich bisweilen, welchen Umfang und welchen Stellenwert unabhängig davon eine komische Kinderliteratur heutzutage noch besitzt, ja ob eine solche – von Einzelerscheinungen im Bilderbuch[9], in der Kinderlyrik[10] oder im Adoleszenzroman[11] abgesehen – überhaupt noch existiert.

Das heute in Vermittlerkreisen noch allgemein herrschende Verständnis von Kinder- und Jugendliteratur datiert aus den 1970er Jahren und ist immer noch von dem dort vollzogenen sog. Paradigmenwechsel geprägt. In heftiger Absetzung von

---

4 Hans-Heino Ewers (Hg.), 1992, Komik im Kinderbuch. Erscheinungsformen des Komischen in der Kinder- und Jugendliteratur, Weinheim, München: Juventa. Darin: Rüdiger Steinlein, Kinderliteratur und Lachkultur. Literaturhistorische und theoretische Anmerkungen zu Komik und Lachen im Kinderbuch, S. 11-32; Maria Lypp, Tiere und Narren. Komische Masken in der Kinderliteratur, S. 45-57.

5 Gina Weinkauff, 1991, Kaspar, Kobold, Zäpfel Kern. Lustige Figuren in der epischen Kinderliteratur, in: Ewers, Komik im Kinderbuch [Anm. 4], S. 105-125.

6 Gina Weinkauff, 2009, „Volle Kanne Witzigkeit.“ Über Komik und Humor in der Kinder- und Jugendliteratur … und in der Entwicklung Heranwachsender, in: kjl&m 2, S. 3-14.

7 Petra Josting, 2009, Editorial, in: kjl&m 2, S. 2.

8 Helga Kotthoff, 2009, Kindliche Komik, Spaß und Spiel, in: kjl&m 2, S. 15-22.

9 Vgl. Mareile Oetken, 2009, Was gibt es hier zu lachen? Inszenierungen von Komik in aktuellen Bilderbüchern, in: kjl&m 2, S. 23-31.

10 Vgl. Frederik Vahle, 1992, Das Komische in Kinderlied und Kindergedicht, in: Ewers, Komik im Kinderbuch [Anm. 4], S. 75-85; Rüdiger Steinlein, 2009, Udakak Lidokork. Komik in neuerer Kinderlyrik, in: kjl&m 2, S. 32-41.

11 Vgl. Inge Wild, 1992, Komik in den realistischen Jugendromanen Christine Nöstlingers, in: Ewers, Komik im Kinderbuch [Anm. 4], S. 173-200; dies., 2009, Adoleszenz und Komik. Nöstlingers *Bonsai* im Vergleich mit Alexa Hennig von Langes *Ich habe einfach Glück* und *Erste Liebe*, in: kjl&m 2, S. 42-49.

einer vermeintlichen Heile-Welt-Literatur wurde eine sozialkritische Kinderliteratur des Daseinsernstes gefordert. Kinder ernst nehmen hieß, sie mit der Wirklichkeit konfrontieren und ihnen bei der Bewältigung der zahllosen Probleme beistehen. Es herrscht immer noch ein gewisser Stolz darüber, dass die ernst zu nehmende Kinderliteratur vor keinem noch so gravierenden Tabu-Thema kapituliert. Gewiss haben die rigiden Positionen der 1970er Jahre Abmilderungen und Aufweichungen erfahren, wie denn auch heitere Passagen in Werken für Kinder mittlerweile geduldet werden. Auch ist man sich bewusst gewesen, dass große Teile des kinderliterarischen Angebots hinter diesen Ansprüchen zurückbleiben. Dafür waren angeblich rein kommerzielle Gründe verantwortlich, und so konnte man dies getrost übergehen.

Umso seltsamer nimmt sich die ritualisierte Komik-Thematisierung in der Kinderliteraturforschung aus, von der eingangs die Rede war. Diese steckt in einem Dilemma, das einer Berührungsangst zu entspringen scheint: Sie muss sich vor einem Eingehen auf den breiten Strom der nach wie vor in Blüte stehenden Spaßliteratur für Kinder hüten und stattdessen ihre Beispiele im approbierten Teil der Kinderliteratur von heute suchen oder in die Geschichte ausweichen. In letzterer ist sie durchaus fündig geworden[12], während sie in der von ihr ernstgenommenen Kinderliteratur der Gegenwart nur eine schmale Ernte einfährt. Gäbe es keine Astrid Lindgren und keine Christine Nöstlinger, gäbe es da kaum etwas zu schmunzeln und zu lachen. Zu den humorlosesten Gattungen gehört zweifelsohne der moderne Adoleszenzroman – ein Lieblingskind der Vermittler und vor einiger Zeit auch noch der Didaktik –, und selbst diesen hat der Lachvirus in Teilen befallen. Diese wurden allerdings schnell – etwa in Gestalt der Romane eines Christian Bieniek[13] – als niedrige Komik beiseitegeschoben und ignoriert. Der viel gepriesene komische Familienroman für junge Leser[14] hat mit einer kinderliterarischen Lachkultur wenig zu tun. Dem Komikdiskurs in der Kinderliteraturforschung der letzten Jahrzehnte mangelt es mit anderen Worten an einer Bodenhaftung in einer real existierenden Kinder- und Jugendliteratur – einmal ganz abgesehen davon, dass das Komische und das Lachen nicht zum Kern des aktuellen Kinder- und Jugendliteraturverständnisses zählen. Der ehedem ideologiekritische Generalverdacht gegen eine Heiterkeit und Spaß verbreitende Kinderliteratur scheint untergründig immer noch nachzuwirken.

---

12 Eine Schlüsselrolle nehmen hier Heinrich Hoffmanns „Struwwelpeter“, Wilhelm Buschs Bildergeschichten und die Kinderromane Erich Kästners ein.

13 Vgl. bspw. „Svenja hat’s erwischt“ (1994), „Voll ins Herz“ (1996) und „Knusper, knusper Mädchen“ (1999).

14 Vgl. Wilhelm Steffens, 1998, Der komische Familienroman für Kinder, in: Kinder- und Jugendliteratur. Ein Lexikon, 5. Lfg., Meitingen: Corian 1995ff., S. 1-12.

2. Lachkultur der Renaissance als historische Wurzel

Die Ausblendung einer populären heiteren Kinderliteratur als kommerziell, trivial oder gar banal ist vielfach bloß vorgeschoben. Dahinter scheint eine gewisse Hilflosigkeit angesichts der in diesem Bereich anzutreffenden literarischen Gattungen zu stecken, mit denen viele Vermittler, aber auch viele Didaktiker nichts anzufangen wissen und über deren literaturhistorische Wurzeln Unklarheit besteht. Dies gibt Anlass zu einer grundsätzlichen Reflexion über das literaturhistorische Fundament des aktuellen Gattungsspektrums der Kinder- und Jugendliteratur. Mit gutem Recht hat sich die neue Kinderliteratur der 1970er Jahre hinsichtlich ihrer grundlegenden Intentionen als Nachfahre der Kinderliteratur der Spätaufklärung begriffen, wie auch das Spektrum der von ihr favorisierten realitätsbezogenen Gattungen dieser historischen Epoche entstammt, eingeschlossen deren nachträgliche Modernisierungen im 19. und 20. Jahrhundert (bspw. von der Beispielgeschichte bzw. der moralischen Erzählung hin zur modernen problem novel). Daneben fand, wie zögerlich auch immer, eine andere Traditionslinie Anerkennung, die auf die Romantik des frühen 19. Jahrhunderts, insbesondere auf E.T.A. Hoffmann, zurückgeht und die Gattungen des modernen Kunstmärchens, der phantastischen Erzählung und der Fantasy einschließt. Das Gattungsspektrum weder der einen noch der anderen Traditionslinie deckt jedoch das Formenarsenal ab, auf das man in der populären kinderliterarischen Komik der Gegenwart wie auch ihrer Vorläufer im 19. und frühen 20. Jahrhundert stößt. Da wir es hier nicht mit realitätsbezogener Literatur im Sinne des späten 18. und des 19. Jahrhunderts zu tun haben, blieb der Forschung nichts anderes übrig, als auch deren Formenspektrum der romantischen Traditionslinie zuzuschlagen. Das wohl bekannteste Beispiel hierfür ist die Deutung der grotesken Figur des Sams aus Paul Maars gleichnamiger Kinderbuchserie als Nachfahre des fremden Kindes aus E.T.A. Hoffmanns ebenfalls gleichnamigem „Kinder-Mährchen“.[15] Dies hatte nicht nur eine Verwässerung des Romantikbegriffs, sondern auch eine Verkennung der eigentlichen historischen Wurzeln der populären Komik (nicht nur) im Bereich der Kinderliteratur zur Folge, die in eine weit tiefere Vergangenheit zurückreichen.

Maria Lypp hat es bereits vor knapp drei Jahrzehnten auf den Punkt gebracht: „Das 16. Jahrhundert, in dem das Lachen große offizielle Wertschätzung genoß und die politische wie die gelehrte Literatur sich gleichermaßen ausgiebig komischer Verfahren bedienten, brachte auch eine erste Epoche des kinderliterarisch Komischen hervor.“[16] In diesem Jahrhundert, so wäre hinzuzufügen, wurzelt hinsichtlich ihrer Formensprache die komische Kinderliteratur aller späteren Zeitalter. So sehr einer Maria Lypp wie einem Rüdiger Steinlein dies auch geläufig gewesen sein mochte, so wenig war sich die Kinderliteraturforschung der letzten Jahrzehnte, mich selbst ein-

---

15 Vgl. hierzu Hans-Heino Ewers, 2018, Geschichtenerzähler und moderner Kinderliterat. Ein Blick auf das erzählerische Oeuvre von Paul Maar, in: Wirkendes Wort 68, Heft 3, 409-423, hier S. 415f.

16 Lypp, Tiere und Narren [Anm. 4], S. 46.

geschlossen, darüber im Klaren, dass die Kinderliteratur nicht auf zwei, sondern auf drei historischen Säulen ruht, also nicht nur in der Aufklärung und der Romantik, sondern auch in der Literatur der frühen Neuzeit und des 16. Jahrhunderts wurzelt, dass sie mit anderen Worten auch ein Aufbewahrungsort der Lachkultur der Renaissance darstellt.

Dabei war dieser ersten Epoche des kinderliterarisch Komischen kein ungehindertes Fortleben gegönnt. Im Laufe des 17. und 18. Jahrhunderts wird die in zahllosen Schwanksammlungen und -romanen sich manifestierende literarische Spaßkultur von den Oberschichten, von Gelehrten und Geistlichen bekämpft und zunehmend durch eine ernste, belehrende (Kinder-)Literatur ersetzt.[17] Die „volkstümliche Literatur" wurde, so Maria Lypp, „aus der offiziellen Kinderliteratur gestrichen". „Pädagogisch verpönt" waren beispielsweise „die Schwänke von Eulenspiegel, von den Schildbürgern, die Ammenreime, die Hanswurstiaden. Freilich konnte sich die Jugend beim Trödler diese plebejische Literatur kaufen und tat dies auch. So überlebte das karnevalistische Lachen in der Kolportage als inoffizielles Lachen".[18]

So sehr die spätaufklärerische Kinderliteratur auch bemüht gewesen sein mag, die kindliche Buchlektüre zu einem Vergnügen, einer Belustigung zu machen, so hielt sie doch am Primat „ernsthaft belehrender Aufklärung", an der „Vorherrschaft belehrend-moralkritischer Zwecksetzungen" fest, so Rüdiger Steinlein. Zwar habe „die Annahme einer ganz natürlichen Neigung des Kindes zur Fröhlichkeit zu den anthropologischen Prämissen fortgeschrittener Aufklärungspädagogik"[19] gehört, doch habe dies nichts an ihrer vehementen Bekämpfung der Lektüre populärer Lesestoffe aus früheren Jahrhunderten, insbesondere der sog. Volksbücher, geändert.[20] Die neue, emanzipatorische Kinderliteratur seit den 1970er Jahren scheint auch in dieser Hinsicht in der Tradition der Kinderliteratur der Spätaufklärung zu stehen; auch sie ist bereit, Lustiges und Scherzhaftes zu tolerieren, so lange ihre ernsten Hauptanliegen dadurch nicht beeinträchtigt werden. Gleichzeitig aber verschmähen auch deren Parteigänger aus Literaturkritik und Didaktik all die zeitgleichen kinderliterarischen Strömungen, die sich einer „nichtpädagogischen, nichtutilitären Lachkultur" (Steinlein) verschrieben haben.

---

17 Vgl. hierzu Georg Bollenbeck, 1985, Till Eulenspiegel. Der dauerhafte Schwankheld. Zum Verhältnis von Produktions- und Rezeptionsgeschichte, Stuttgart: Metzler. Zur „verstärkten Ablehnungsfront gegenüber der ‚Pöbellekture' im Barock", S. 203-210.

18 Lypp, Tiere und Narren [Anm. 4], S. 50.

19 Steinlein, Kinderliteratur und Lachkultur [Anm. 4], S. 16-18.

20 Bollenbeck, Eulenspiegel [Anm. 17], „Till paßt nicht ins aufklärerische Leitbild vom tätigen und tugendhaften Menschen", S. 211-219.

3. Rehabilitierung populärer Spaßdichtung

Zu Beginn des 19. Jahrhunderts vollzieht sich eine Wende in der Rezeptionsgeschichte der volkstümlichen Literatur vornehmlich des 16. Jahrhunderts.[21] In ihrer heftigen Ablehnung der Pädagogik und der Kinderliteratur der Aufklärung erhebt die Romantik all das, was gerade noch als verbotene Lektüre galt, zur einzig wahren Kinderpoesie und sucht nun ihrerseits die gerade erst aufgeblühte moderne Kinderliteratur zu verdrängen. Sie betreibt eine uneingeschränkte Aufwertung der verachteten populären Dichtungen des Renaissancezeitalters, in deren Zentrum die sog. Volksbücher stehen. Teils wird diese wiedererweckte und neugeschätzte Überlieferung als Stoff- und Motivreservoir für die eigenen Dichtungen benutzt – wie bspw. von Ludwig Tieck –, teils aber auch in ihrer historischen Eigenart respektiert und in mehr oder weniger getreuer Form wiederaufgelegt und zugänglich gemacht. Für letzteres stehen die *Kinder- und Hausmärchen* der Brüder Grimm, bei denen es sich literaturpolitisch zwar um ein romantisches Projekt handelt, die jedoch zahlreiche Stücke des 16. und 17. Jahrhunderts enthalten und diese eben nicht romantisierend bearbeiten und erst in späteren Auflagen biedermeierlich einfärben. Die Romantik verhilft damit der zuvor verpönten komischen (Kinder-)Literatur des 16. Jahrhunderts zu einem neuen Leben und begründet damit eine mehr oder weniger eigenständige kinderliterarische Traditionslinie, die sich bis in die Gegenwart erstreckt. Dass sich deren Existenz weitgehend der romantischen Literaturpolitik verdankt, scheint ein Grund dafür gewesen zu sein, dass sie vielfach als ein Teilgebiet der romantischen Kinderliteratur bzw. einer in der romantischen Poetik wurzelnden Literatur zugerechnet worden ist. Kasperliaden, Possen, Hanswurst- und Schelmengeschichten, Narreteien und Verkehrte-Welt-Gedichte – all diese Formen haben jedoch wenig zu tun mit einer romantischen Poetik, wie sie den Märchendichtungen eines Novalis, Tieck oder E.T.A. Hoffmann zugrunde liegt.

Ein Schlüsselelement dieser, das 19. und 20. Jahrhundert durchziehenden Traditionslinie[22] sind die an Kinder und Jugendliche adressierten Nacherzählungen der sog. Volksbücher, wobei unter dem hier verfolgten Aspekt des Komischen die Prosa-Romane vom Eulenspiegel und von den Schildbürgern eine besondere Rolle spielen. Zu nennen wären etwa die an „Jung und Alt“ gerichteten Volksbuchnacherzählungen eines Gustav Schwab[23] und eines Karl Simrock.[24] Im 20. Jahrhundert sind die *Eulen-*

---

21 Ebd. „Die romantische Neubewertung als ‚Volksliteratur‘“ als „Voraussetzung der popularisierenden Volksbucheditionen im 19. Jahrhundert“, S. 219-223.

22 Ebd., „Till verharmlost als Possenreißer im Jugendbuch“, S. 243-249.

23 Gustav Schwab, 1836-37, Das Buch der schönsten Geschichten und Sagen für Alt und Jung, 2 Tle., Stuttgart: Liesching; ders., 1878, Deutsche Volksbücher für Jung und Alt, 9 Bde., Gütersloh, Leipzig: Bertelsmann.

24 Karl Simrock, 1869, Auserlesene deutsche Volksbücher. In ihrer ursprünglichen Echtheit wiederhergestellt, 2 Tle., Frankfurt a.M.: Winter. Vgl. auch deren sehr abschätzige Bewertung durch Werner Wunderlich, 1984, „Till Eulenspiegel“, München: Fink, S. 106-110.

spiegel- und *Schildbürger*-Nacherzählungen Legion; neben sie treten oft die aus dem 18. Jahrhundert stammenden Abenteuer des Barons von Münchhausen. Klassisch geworden sind die für Kinder gedachten, prominent bebilderten Volksbuchnacherzählungen von Erich Kästner.[25] In der Nachkriegszeit haben sich bspw. Otfried Preußler und Walter Scherf diesem Geschäft gewidmet.[26] Neben den *Eulenspiegel*- und *Schildbürger*-Erzählungen sind die zahlreichen Schwanksammlungen aus der Zeit vor der Aufklärung und der Romantik nach Lesestoffen durchforstet worden, die für Kinder und Jugendliche geeignet zu sein schienen.[27] Zu dieser Traditionslinie gehören des Weiteren die im 19. Jahrhundert aufblühenden Kasperl-Spiele für das Handpuppentheater, deren prominentester Autor Franz Pocci gewesen sein dürfte. Als beliebt haben sich im frühen 20. Jahrhundert die schwankhaften Kasperle-Erzählungen einer Josephine Siebe erwiesen, die in Buchform erschienen sind (7 Folgen 1921 bis 1930) und auch noch in der Nachkriegszeit zahlreiche Auflagen erlebt haben. Berühmtheit haben in jüngerer Zeit schließlich Otfried Preußlers Kasperl-Geschichten vom *Räuber Hotzenplotz* erlangt (3 Folgen 1961 bis 1973).[28] Diesem Strang der volkstümlichen Kinderliteratur hat sich Gina Weinkauff in mehreren verdienstvollen Studien gewidmet.[29]

Neben den Nacherzählungen überlieferter Schwankprosa hat sich eine kinderliterarische Gattung herausgebildet, die zwar deren Formensprache, deren Art der Fi-

---

25 Erich Kästner, 1938, Erich Kästner erzählt Till Eulenspiegel. Ill. von Walter Trier, Zürich: Atrium-Verl.; ders., 1951, Des Freiherrn Münchhausen wunderbare Reisen und Abenteuer zu Wasser und zu Lande nacherzählt von Erich Kästner, Zürich: Atrium; ders., 1956, Die Schildbürger. Nacherzählt von Erich Kästner. Ill. Horst Lemke, Zürich: Atrium. Zahllose Neuauflagen und Neuausgaben.

26 Otfried Preussler, 1958, Bei uns in Schilda: Die wahre Geschichte der Schildbürger nach den Aufzeichnungen des Stadtschreibers Jeremias Punktum, Stuttgart: Thienemann; 11. Aufl. 1972, 16. Aufl. 1982, ab 1977 bei dtv, dort 10. Aufl. 1990, 13. Aufl. 1995. Mit Ill. von Erich Hölle, Hamburg: Carlsen 2009. Buch und Hörbuch: Thienemann 2020; Walter Scherf, 1974, Till Eulenspiegel aus dem Lande Braunschweig: wie er sein Leben verbracht hat. Hermann Bote kurzweilig nacherzählt von Walter Scherf. Ill. Günther Lawrenz, Würzburg: Arena.

27 Genannt seien hier nur einschlägige Anthologien aus der Nachkriegszeit: Nikolaus Plump (Hg.), 1961, Käuze, Schelme, Narren. Das große Buch deutscher Volkserzählungen. Ausgew. und ill. von Nikolaus Plump, Stuttgart: Union-Verl.; Max Stebich, 1961, Von Schelmen und närrischen Leuten: Schwänke und Schnurren aus vielen Ländern. Für die Jugend ausgew. und neu erzählt. Ill. von Wilfried Zeller-Zellenberg, Wien: Breitschopf; Margit Raedel (Hg.), 1965, Der Schelmenkarren. Ill. Ralf Lehmann, München: Parabel.

28 Vgl. Leander Petzoldt, 1983, Otfried Preußler und die Tradition. Elemente der Volkserzählung im Werk Otfried Preußlers, in: Otfried Preußler. Werk und Wirkung, hrsg. von Heinrich Pleticha, Stuttgart: Thienemann, 42-50.

29 Weinkauff, Kasperl, Kobold [Anm. 5]; dies., 1994, Kinder und Figuren: ein pädagogisches oder künstlerisches Phänomen? in: Figurentheater. Das Theater für Kinder?, hrsg. von Wolfgang Schneider, Frankfurt a.M.: Nold, S. 34-51.

gurenzeichnung und Handlungsführung verpflichtet bleibt, sich aber von ihrer Stoffwelt und ihrem Motivarsenal löst. Dies trifft bereits auf einen Teil der Kasperlgeschichten zu, gilt im vollen Umfang aber erst für die kinderliterarische Gattung der Schelmengeschichte, deren Schauplätze keinen deutlich markierten Vergangenheitscharakter mehr aufweisen, dafür zumeist einen dörflichen Zuschnitt besitzen. Neben der Schelmendichtung vergangener Jahrhunderte macht sich hier der Einfluss der Dorfgeschichte des 19. Jahrhunderts geltend. Zu erwähnen wären hier die schwankhaften Dorfgeschichten mit kindlichen Protagonisten nach Art von Josephine Siebes *Oberheudorfer Buben- und Mädelgeschichten* (mehrere Folgen, 1908 bis 1932) oder *Die Schelme von Steinach* (1916), die bisweilen aber auch städtische Schauplätze einbeziehen.[30]

Wir haben es bei der hier zur Rede stehenden Traditionslinie also nur zu einem Teil mit einer Vergangenheitsdichtung im doppelten Wortsinn zu tun – mit einer aus der Vergangenheit stammenden und wiederaufbereiteten Dichtung und mit einer, in einer mehr oder weniger fernen Vergangenheit spielenden Literatur. Die beliebten Schelmen- wie auch Teile der Kasperlgeschichten des 19. und frühen 20. Jahrhunderts bleiben zwar in ihrer Formensprache der althergebrachten Schwankdichtung verpflichtet, bedienen sich aber eines unbestimmten, historisch nur schwer einzuordnenden Weltzustandes, ohne sich der Welt des 19. und 20. Jahrhunderts in nennenswertem Maße schon zu öffnen. Beide Male haben wir es mit einer heiteren, vergnüglichen, belustigenden Literatur zu tun, die bis hinein in die Nachkriegszeit hohe Auflagenzahlen erzielt hat.

4. Neue Blüte des karnevalesken Geschichtenerzählens

Damit ragt ein Stück Vergangenheit in eine moderne Welt hinein. Wir haben es mit einem Nachhall der Lachkultur der Renaissance zu tun – wie gemildert, verharmlost, von aller Derbheit gereinigt, ins vermeintlich Zeitlose verlegt auch immer. Vielen Erwachsenen von heute, deren Komikverständnis sich an den Filmen eines Woody Allen, an *American Pie* und *Sex in the City* geschult hat, dürfte der hier anzutreffende Humor rührend naiv und treuherzig vorkommen. So problemlos der Zugang dazu für Kinder im Vorschul- und Grundschulalter auch sein dürfte, so erschließt sich diese Lachkultur heutigen Erwachsenen am ehesten noch mittels eines historisch-kritischen Zugangs, unter Berücksichtigung nämlich der neuern Erforschung und Bewertung der europäischen Populärkultur des Spätmittelalters und der frühen Neuzeit im Anschluss an Michail Bachtin[31] und Peter Burke, dessen umfassende Darstellung der

30 Josephine Siebe, 1914, Die Oberheudorfer in der Stadt; dies., 1918, Die Sternbuben in der Großstadt; dies., 1922, Kasperles Abenteuer in der Stadt.

31 Michail Bachtin, 1985, Literatur und Karneval: Zur Romantheorie und Lachkultur, Frankfurt a.M. u.a.: Ullstein.

europäischen Volkskultur in der frühen Neuzeit[32] hier wegweisend sein dürfte. In Betracht zu ziehen wären auch die neueren germanistischen Arbeiten zu den Prosa- bzw. Schwankromanen dieser Epochen.[33] Für die aktuelle Kinderliteraturforschung ist die schwankhaft-karnevaleske Kinderliteratur, sofern überhaupt in den Blick genommen, mit dem Namen Otfried Preußlers verbunden und damit als konservativ, gegenwartsfern und überholt gebrandmarkt. Für die Kinderliteraturhistorikerin Sonja Müller sei es nicht gelungen, „die Texte Preußlers für die Diskussionen der 1970er Jahre zu retten".[34]

Der neueren Kinderliteraturgeschichtsschreibung – meine eigenen Versuche eingeschlossen – ist jedoch weitgehend entgangen, dass die schwankhaft-karnevaleske Kinderliteratur mit dem vielbeschworenen kinderliterarischen Paradigmenwechsel um 1970 keineswegs obsolet geworden oder gar vom Markt verschwunden ist. Das Gegenteil ist der Fall: Sie hat Preußler weit hinter sich gelassen und eine neue Entwicklungsstufe betreten, die sie kurioserweise den eigenen historischen Wurzeln wieder annähert. Sie hat an Bissigkeit und Spott gewonnen, setzt sich auf ihre Weise mit den gegenwärtigen gesellschaftlichen Verhältnissen auseinander und politisiert sich teilweise in eine Richtung, der man durchaus das Prädikat des Antiautoritären zusprechen kann. Sie hat mit anderen Worten Teil an dem kinderliterarischen Paradigmenwechsel, statt von diesem überholt worden zu sein.

Hier sei der Fokus allein auf die erzählenden Gattungen gerichtet. So ist es um 1970 herum zu einer neuen Blüte des karnevalesken Geschichtenerzählens gekommen, das unter Wahrung des schwankhaften Charakters Elemente der modernen Wirklichkeit in sich aufgenommen hat. Zu den großen Geschichtenerzählerinnen und

---

32 Peter Burke, 1981, Helden, Schurken und Narren. Europäische Volkskultur in der frühen Neuzeit. Dt. v. Susanne Schenda, hrsg. von Rudolf Schenda, Stuttgart: Klett-Cotta. Der Titel der Originalausgabe von 1978 lautet „Popular Culture in Early Modern Europe". Hier findet sich auch eine Darstellung ihrer Bekämpfung und Unterdrückung durch die herrschenden Schichten im Barock- und im Aufklärungszeitalter; vgl. die Kapitel 8 und 9 zur „Reform der Volkskultur", S. 219ff.

33 Vgl. neben der bereits mehrfach erwähnten Studie von Georg Bollenbeck bspw. Dieter Arendt, 1974, Der Schelm als Widerspruch und Selbstkritik des Bürgertums. Vorarbeiten zu einer literatursoziologischen Analyse der Schelmenliteratur, Stuttgart: Klett; ders., 1978, Eulenspiegel – ein Narrenspiegel der Gesellschaft, Stuttgart: Klett-Cotta; Werner Röcke, 1987, Die Freude am Bösen. Studien zu einer Poetik des deutschen Schwankromans im Spätmittelalter, München: Fink; Bernhard Jahn u.a (Hg.), 2014, Ordentliche Unordnung: Metamorphosen des Schwanks vom Mittelalter bis zur Moderne. Festschrift für Michael Schilling, Heidelberg: Winter (Euphorion. Beihefte zum Euphorion 79); Albrecht Classen, 2009, Deutsche Schwankliteratur des 16. Jahrhunderts: Studien zur Martin Montanus, Hans Wilhelm Kirchhof und Michael Lindener, Trier: WVT.

34 Sonja Müller, 2013, Das „gute Jugendbuch" in den 1950er Jahren in Westdeutschland und Österreich, in: kjl&m 3, Thema: Otfried Preußler und die Kinder- und Jugendliteratur der 1950er Jahre, S. 14-23, hier S. 20. Vgl. auch den Beitrag von Andrea Weinmann „Otfried Preußler und die neue Autorengeneration" im selben Heft, S. 3-13.

-erzählern dieser Zeit gehören Ursula Wölfel[35], Heinrich Hannover[36], Uwe Wandrey[37], Hanna Hanisch[38] und Paul Maar[39], nicht zu vergessen die Bildgeschichten und -märchen F.K. Waechters.[40] In diese Zeit fällt auch die Rezeption der Telefon-Geschichten des italienischen Autors Gianni Rodari.[41] Eine Weiter-, um nicht zu sagen: Höherentwicklung hat die Kunst des karnevalesken Geschichtenerzählens mit dem Texten eines Franz Hohler[42] erfahren, während die komischen Geschichten des Kafka-Verehrers Jürg Schubiger[43] sich dem Absurden und der modernen Parabel nähern.

5. Karnevaleske Schwankromane von Löwe, Urmel und Sams

Gleichzeitig kommt es zu einer wahren Hochzeit des karnevalesken Schwankromans für Kinder, der jetzt in Gestalt mehrbändiger Serien in Erscheinung tritt. Als Galionsfiguren haben sich auf diesem Gebiet Paul Maar und Max Kruse erwiesen. Aufsehen und Beachtung bis hinein in die Kinderliteraturforschung haben Paul Maars mehrbändige *Sams*-Geschichten[44] erlangt, deren grundlegender Charakter als karnevaleske Schwankdichtung allerdings unerkannt geblieben ist, wie ich an anderer Stelle verfolgt habe.[45] Demgegenüber sind die komisch-grotesken Kinderserien eines Max Kruse der Kinderliteraturforschung bislang komplett entgangen. Dabei genießen diese wie auch

35 Siebenundzwanzig Suppengeschichten (1968); Achtundzwanzig Lachgeschichten (1969); Neunundzwanzig verrückte Geschichten (1974). Die Sammlung „Die grauen und die grünen Felder. Wahre Geschichten“ (1970) ist der modernen Kurzgeschichte verpflichtet und fällt aus dem Reich des Komischen gänzlich heraus.

36 Das Pferd Huppidiwupp (1968); Der müde Polizist (1972); Die Birnendiebe vom Bodensee. Spaß- und Spielgeschichten (1973).

37 Alles Gelogen! Moderne Schildbürgerstreiche (1975).

38 U.a.: Drei-Minuten-Geschichten (1976); Mittwochabend-Geschichten (1986); Mein blauer Esel Pim (1989).

39 U.a.: Der tätowierte Hund (1968); Summelsarium oder 13 wahre Lügengeschichten (1973); Lauter Streifen (1975); Schiefe Märchen und schräge Geschichten (2016).

40 Bspw. Opa Hucke's Mitmachkabinett (1976).

41 Fahrstuhl zu den Sternen und andere Geschichten am Telefon (DDR 1972); „Hallo, hier ist Papa!“ Telefongeschichten (1975); Gutenachtgeschichten am Telefon (2012).

42 U.a.: Der Granitblock im Kino (1981); Der große Zwerg (1986); Der Riese und die Erdbeerkonfitüre (1993); Die Spaghettifrau (1998).

43 U.a.: Dieser Hund heißt Himmel (1978); Das Löwengebrüll. Märchen und Geschichten (1988); Als die Welt noch jung war (1995); Wo ist das Meer? (2000). Für eine Beachtung von Jürg Schubiger hat sich bereits Maria Lypp eingesetzt.

44 Eine Woche voller Samstage (1973); Am Samstag kam das Sams zurück (1980); Neue Punkte für das Sams (1992); Sams im Glück (2011); Ein Sams zu viel (2015). Bei den in die Serienfolge eingereihten drei Martin Taschenbier-Folgen (1996, 2002 u. 2009) handelt es sich um moderne Kinderromane im Erich Kästner-Stil; sie gehören deshalb nicht hierher.

45 Vgl. Ewers, Paul Maar [Anm. 15], S. 415ff.

die *Sams*-Bände nicht zuletzt dank ihrer zahllosen intra- und intermedialen Adaptionen eine ungeahnte, bis heute andauernde Popularität bei der kindlichen Zielgruppe. Kruses früheste komische Serie gehört mit den ersten drei Folgen noch den 1950er Jahren an.[46] Diese wurden 1965 zu einem Band zusammengefasst, der von nun an als erster Band der *Löwe*-Serie firmiert, deren fünfte Folge 1970 erschienen ist.[47] 1969 kommt dann der erste Band einer weiteren Serie Kruses heraus, die zu den erfolgreichsten kinderliterarischen Unternehmungen des deutschen Sprachraums überhaupt werden sollte. Kruse hatte sich gerade eine Kühltruhe angeschafft, der er gefrorene Forellen, die Lieblingsspeise seines Sohnes, entnehmen konnte. „Da dachte ich, wie wäre es denn, wenn ein Tier aus der Urzeit im Ei eingefroren die Jahrtausende überstanden hätte und heute ausgebrütet werden würde … Ein Tier aus der Urzeit, das konnte nur ein kleiner Dinosaurier sein."[48] Auf den ersten Band der *Urmel*-Serie folgten bis 1975 acht weitere Bände.[49] Knapp ein Viertel Jahrhundert später wird die Serie mit zwei Bänden fortgesetzt[50], um kurz vor dem Tod des Autors eine letzte Folge zu erleben.[51]

Kruse hat sich in dieser Zeit zum Meister des Sprachwitzes, zum Spieler mit kuriosesten Namen, zum Zeichner höchst unförmiger und grotesker Figuren, zum Erfinder äußerst absurder Handlungsverläufe entwickelt und scheut sich auch nicht vor vulgären Plattheiten. Seine übermütige Phantasie scheint diesen Autor in den 1970er Jahren zum Verfassen weiterer karnevalesker Serien getrieben zu haben. 1971 erscheint die *Don Blech*-Serie, eine Ritterroman-Parodie, die es allerdings nur auf drei Folgen bringt.[52] 1974 folgt die als Western-Parodie aufgezogene *Lord Schmetterhemd*-Serie mit drei Folgen bis 1976.[53] Es folgen 1975 die grotesken *Schnurfe*-Schwankromane.[54] Der Reigen schwankhaft-karnevalesker Serien findet mit Kruses Rückkehr zu einem der Urstoffe der Kinderbelustigung einen gewissen Abschluss – und zwar

46 Der Löwe ist los! (1952); Kakadu in Nöten (1958); Sultan in der Grube (1959). Sie wurden 1965 zu einem Band zusammengefasst.

47 Der Löwe ist los (1965); Kommt ein Löwe geflogen (1966); Gut gebrüllt, Löwe (1967); Löwe gut, alles gut (1969); Der dicke Löwe kommt zuletzt (1970).

48 Max Kruse, 2011, Im Wandel der Zeit. Was ich wurde, was ich bin, Stuttgart: Thienemann, S. 589.

49 Urmel aus den Eis (1969); Urmel taucht ins Meer, Urmel fliegt ins All (1970); Urmel zieht zum Pol, Urmel spielt im Schloss (1972); Urmel im Vulkan (1973), Urmels toller Traum, Urmels großer Flug (1974); Urmel wird ein Star (1975).

50 Urmels Lichterbaum im Eismeer. Professor Habakuk Tibatongs Tier-Sprech-Schule (1999); Urmel fährt Ballon. Professor Habakuk Tibatongs Tier-Sprech-Schule (2000).

51 Urmel saust durch die Zeit. Unter Mitarbeit von Michael Schmidt-Salomon (2013).

52 Don Blech und der goldene Junker (1971); Don Blech und der glutrote Vogel (1972); Don Blech und der silberne Regen (1973).

53 Lord Schmetterhemd: Besuch aus dem Jenseits (1974); Lord Schmetterhemd. Der tödliche Colt (1975); Lord Schmetterhemd. Der Geist des Grossen Büffels (1976).

54 Die Schnurfe in der goldenen Stadt (1975); Die Schnurfe bauen sich ein Haus (1977).

mit den *Kasper Lari*-Erzählungen, erschienen von 1976 bis 1980.[55] Der übermäßige Erfolg der *Urmel*-Serie dürfte die Aufmerksamkeit und die Erfolgschancen für die weiteren Serien Kruses wohl eingeschränkt haben. Stärker noch als die beiden ersten *Sams*-Bände Paul Maars trägt die überbordende Serien-Fabrikation eines Max Kruse dazu bei, die 1970er Jahre zu einem Höhepunkt schwankhaft-karnevalesker Kinderliteratur werden zu lassen, der in der Geschichte dieser Literaturart einmalig sein dürfte. Es ist dies paradoxerweise gleichzeitig das Jahrzehnt, das Kindern mit einer strengen Problemliteratur aufwartet, wie sie mit Wölfels Kurzgeschichtensammlung *Die grauen und die grünen Felder* (1970) ihren Anfang genommen hat. In der Kinderliteraturgeschichtsschreibung hat seltsamerweise nur die zuletzt genannte Seite dieses Jahrzehnts Beachtung gefunden.

Was Paul Maar betrifft, so wurde der erste Band der *Sams*-Reihe des Öfteren der antiautoritären Kinderliteratur zugerechnet. Tatsächlich legt die Geschichte um den schüchternen Herrn Taschenbier Assoziationen zum damaligen Aufbegehren gegen überholte Autoritäten nahe. Eine Grenze findet dies allerdings im schwankhaften Charakter der Serie, der eine Invarianz der Charaktertypen bedingt. Das schwanktypische Figurenpaar Sams-Taschenbier muss auch in den weiteren Folgen unverändert bleiben. Assoziationen an zeitgenössische politische Vorgänge lösen auch die bizarr-komischen Serien Max Kruses aus. Eines ihrer Grundthemen ist die Überlistung autoritärer Herrscherfiguren und deren lustvolle Entlarvung als egozentrische, narzisstische, schwächliche, gleichzeitig aber herrische, grausame, sadistische Charaktere, denen jede Verrücktheit zuzutrauen ist. Dies tritt besonders in der *Don Blech*- und in der *Schnurfe*-Serie hervor, aber auch in Einzeltiteln wie *Die Nacht der leuchtenden Pantoffeln. Eine Geschichte aus dem Orient* von 1975.

Mit der Problematik illegitimer Herrschaft hat sich Kruse bereits Ende der 1960er Jahre befasst; die *5 Parabeln über den Umgang mit anderen u. sich selbst* sind 1968 unter dem Titel *Der kleine Mensch bei den fünf Mächtigen*[56] erschienen; sie gehören jedoch nicht in das Reich der komischen Literatur. Die 1971 veröffentlichte und an Erwachsene gerichtete Wirtschaftssatire *Goldesel-AG* trägt dagegen komisch-groteske Züge. Am Ende des Jahrzehnts kommt schließlich Max Kruses großer politischer Roman heraus: *Froki und der Schatz der Erde* (1979)[57], der ganz und gar ernsten Charakters ist. Er liest sich heute wie ein Gegenstück zu Michael Endes *Momo* und hat nichtsdestoweniger kaum Beachtung gefunden. Das Thema ist jetzt die hemmungslose und selbstzerstörerische Ausbeutung der natürlichen Ressourcen durch die Konsumgesellschaft.

55 Kasper Laris neue Kleider, Kasper Lari in der Klemme (1976); Kasper Laris Abenteuer. Die Zaubertaube (1979); Kasper Laris Abenteuer. Die Räuberbande (1980).

56 Neuausgaben u.d.T. Kerlchens wundersame Reise 2001 und 2009.

57 Überarb. Neuausgabe 2010 u.d.T. Die Froki-Saga.

6. Altbackene und moderne Schwankliteratur

Was den Schwank und seine kinderliterarischen Nachkommen von den modernen, in der Aufklärung wurzelnden Literaturformen absetzt, ist die Abwesenheit jeglicher Psychologie. Sie kennen keine Gegensätzlichkeit von Innen- und Außenwelt, verlagern den Wesenskern des Menschen nicht in sein Inneres, sein Gewissen. Die Akteure der Schwankliteratur, Mensch oder Tier, gehen auf in ihrer Äußerlichkeit, leben ganz im Äußeren, in ihrer förmigen oder unförmigen Körperlichkeit, ihren mehr oder weniger schrägen Angewohnheiten, ihren gewöhnlichen oder ungewöhnlichen Verhaltensweisen, ihren sozialen Rollen, ihren logischen oder unlogischen Handlungen. Die Schwankliteratur beschränkt sich auf die äußerliche Seite des menschlichen Daseins, womit sie moderne Leserinnen und Leser unbefriedigt lässt, diesen aber doch ein unbeschwert heiteres Vergnügen bereiten kann. Denn der Spott, den die Schwankliteratur treibt, trifft nur sein Äußerliches, das für den modernen Menschen zum Unwesentlichen seiner selbst gehört, und verletzt damit nicht seine Würde.

Die schwankhafte Kinderliteratur unterscheidet sich darüber hinaus grundlegend von all den kinderliterarischen Gattungen, die historisch gesehen in der romantischen Poetik wurzeln. Das entscheidende Kriterium für die Abgrenzung besteht in der Abwesenheit der modernen romantischen Kindheitsauffassung. Kinder gelten in der Welt des Schwanks nicht als anders geartete, eigenständige menschliche Wesen, die sich von Erwachsenen grundlegend unterscheiden. Es gibt keine Gegensätzlichkeit von Kinder- und Erwachsenenwelt. Die Kinderfiguren haben wie alle anderen Charaktere ihre besonderen Eigenschaften und Macken, gelten aber nicht als andersartige, überlegene, höhere, reinere oder naturnähere Wesen, was in der romantischen Poetik ja auch für Dichter und Künstler beansprucht wird. Es gibt im Schwank generell keine Spaltung in zwei Welten, eine poetische und eine prosaische. Kinderfiguren sind zwar oft geschickter und schlauer als Erwachsenenfiguren, doch können diese genauso listig und pfiffig sein. Kinder und Erwachsene leben in ein und derselben Welt und repräsentieren nicht wie in der modernen romantischen Dichtung zwei verschiedene Welten bzw. Weltauffassungen.

Viele kinderliterarische Schwankdichtungen reproduzieren, wie bereits angedeutet, die in den frühneuzeitlichen populären Dichtungen anzutreffenden Schauplätze, bei denen es sich um dörfliche und kleinstädtische Welten vormodernen und vorindustriellen Charakters handelt. Dies lässt sic in ihrer seit dem frühen 19. Jahrhundert wiederbelebten Gestalt als eine Literatur erscheinen, die von vergangenen, längst untergegangenen Weltzuständen handelt. In kinderliterarischer Hinsicht galt dies so manchem als ein besonderer Vorzug: Die vergangenen Welten seien aufgrund ihrer einfachen Strukturen und ihrer Übersichtlichkeit von kindlichen Rezipienten leicht zu durchschauen, wohingegen sich die komplexen Verhältnisse der modernen Gesellschaft für sie als undurchdringlich erweisen würden. Viele Ausprägungen der schwankhaften Kinderliteratur wiesen deshalb den Charakter als Vergangenheitsdichtung auf; oft wurden ihre gegenmodernen Züge gar noch verstärkt. Dies trug ihr ab den 1970er Jahren die erbitterte Gegnerschaft einer Kinderliteraturkritik ein, für die das Ziel einer „emanzipatorischen“ Kinderliteratur nur die Einübung der jungen Leserinnen und Leser in die komplexe gesellschaftliche Gegenwart sein konnte.

Spätestens seit der Zeit um 1970 ist die schwankhafte Kinderliteratur allerdings nicht mehr auf die Wiedergabe bloß vormoderner Weltzustände festgelegt. Sie hat sich für die gegenwärtigen Umwelten ihrer Leserinnen und Leser geöffnet und deren Insignien zu einem Bestandteil ihrer Geschichten gemacht. In den Schwankromanen für Kinder aus den letzten Jahrzehnten wimmelt es nur so von Flugzeugen, Hubschraubern, Lokomotiven und Automobilen, von Maschinen und technischen Wundergeräten nach Art des Fliewatüüt[58], ohne dass die Requisiten aus vormoderner Zeit wie sprechende Tierfiguren und märchenhafte Zauberstücke eliminiert worden wären. Die kontrastreiche Mischung aus vormodernen und modernen Requisiten trägt in beträchtlichem Maße zur Komik und zum Amüsement dieser Literatur bei. Eine solche Mischung liegt als programmatische Absicht den *Urmel*-Büchern Max Kruses zugrunde, in denen es um Weltraum-, Vulkan- und Tiefseeexpeditionen gehen kann, gleichzeitig aber Menschen- und Tierfiguren miteinander verkehren wie zu Dr. Doolittles Zeiten. Diese Mischung war bereits das Markenzeichnen des italienischen Kinderliteraten Gianni Rodari, dessen Schwankroman *Gelsomino nel paese dei bugiardi*[59] im Jahr 2020 eine Wiederauflage erfahren hat. Wir haben es bei der Schwankliteratur für Kinder aus den letzten Jahrzehnten zweifelsohne nicht mit einer genuin modernen Literaturform zu tun, dafür aber mit einer überaus lebendigen Gegenwartsdichtung, die mit parodistischen und satirischen Zügen nicht spart und damit eine gewisse Nähe zum Kabarett aufweist.[60]

7. Wiederbeachtung erfordert

Es wurde versucht, den Blick auf einen breiten, bis in die Gegenwart reichenden Strang komischer Kinderliteratur zu lenken, der im aktuellen kinderliteraturwissenschaftlichen Komik-Diskurs bislang so gut wie keine Berücksichtigung gefunden hat. Zwar wurde zugestanden, dass bezogen auf „den westlichen deutschsprachigen Raum [...] das Komische nach dem zweiten Weltkrieg bis in die 60er Jahre ein Grundzug kinderliterarischer Entwicklung“ gewesen sei, dass aber „der sich mit Beginn der 70er Jahre vollziehende kinder- und jugendliterarische Formenwechsel [...] zur Bevorzugung einer ernsten Kinder- und Jugendliteratur“ geführt habe. Das Komische sei aus diesem Bereich nicht völlig verschwunden, doch mehr als die „antiautoritären Struwwelpetriaden“ und den „komischen Familienroman“ weiß Gabriele Czech nicht zu

58 Boy Lornsen, 1967, Robbi, Tobbi und das Fliewatüüt, Stuttgart: Thienemann.

59 Dt. Gianni Rodari, 1961, Gelsomino im Lande der Lügner, Berlin: Der Kinderbuchverlag.

60 Hierzu gehört nicht zuletzt auch der auf Walter Moers zurückgehende „Käpt'n Blaubär“-Medienverbund, der hier aufgrund der Konzentration auf frühere Jahrzehnte nicht mehr zur Sprache kommen soll. Vgl. die Hinweise hierauf bei Weinkauff, Über Komik und Humor [Anm. 6], S. 6-8.

nennen.[61] Die auch in meinen literaturgeschichtlichen Darstellungen anzutreffende Ausblendung der komischen Kinderliteratur nach 1970 kontrastiert auf seltsame Weise mit deren überaus großer Verbreitung, die sich ihren geradezu unüberschaubaren intermedialen Adaptionen verdankt, die etwa im Fall der *Urmel*-Serie kaum ihresgleichen finden dürften.[62] Diese Ausblendung trifft in besonderem Maße den Autor Max Kruse, der für die Kinderliteraturforschung der letzten Jahrzehnte geradezu inexistent ist.[63]

Während viele der seinerzeit hochgeschätzten sozialkritischen Problemromane nach Art von *Rolltreppe abwärts* (1970), *Trip ins Ungewisse* (1975) und *Die große Flatter* (1977)[64] Patina angesetzt haben dürften, erweisen sich die Schwankgeschichten und die schwankhaften Serien der 1970er Jahre wie der nachfolgenden Jahrzehnte immer noch als frisch und unverbraucht. Sie verdienen es auch heute noch zuhause, im Kindergarten wie im Vorschul- und Schulbereich eingesetzt zu werden. Wie eine Literaturdidaktik für den Grundschulbereich ihr proklamiertes Ziel, Lust an Dichtung und Literatur zu erzeugen, erreichen kann, ohne aus diesem reichhaltigen Fundus an schwankhaft-karnevalesker Kinderliteratur vor und nach 1970 zu schöpfen, muss ein Rätsel bleiben.

---

61 Czech, Komik in der Kinder- und Jugendliteratur [Anm. 2], S. 871f.

62 In einem im Sommersemester 2020 mit Masterstudierenden des Zentrums für Buchwissenschaft der LMU München durchgeführten Projekt sind die überaus vielfältigen Medienadaptionen von Max Kruses Serien minutiös nachgezeichnet worden.

63 In dem von Günter Lange herausgegebenen zweibändigen Kinderliteraturkompendium findet sich lediglich eine knappe abfällige Bemerkung über die *Urmel*-Serie (eine zweite Seitenangabe im Personenregister trifft nicht zu). Vgl. Günter Lange (Hg.), 2000, Taschenbuch der Kinder- und Jugendliteratur, 2 Bde., Baltmannsweiler: Schneider, S. 298. In der von Reiner Wild herausgegebenen Geschichte der deutschen Kinder- und Jugendliteratur (3. Aufl., Stuttgart: Metzler 2008, S. 253) wird lediglich einer seiner historischen Romane kommentarlos aufgeführt.

64 Verfasst von Hans Georg Noack, Ingeborg Bayer und Leonie Ossowski.

Ein ‚Exerzitium der praktischen Kritik‘

Komik in den Kinderbilderbüchern von Marc-Uwe Kling und Astrid Henn

Von Thomas Boyken

1. Das Känguru und Karlsson vom Dach

Marc-Uwe Kling gehört gewiss nicht zu den ‚Geheimtipps‘ der deutschsprachigen Populärkultur. Seine *Känguru*-Reihe, die von 2009 bis 2018 in vier Teilen bei Ullstein publiziert wurde und episodenhaft über die Aktivitäten eines kommunistischen Kängurus und des Ich-Erzählers Marc-Uwe berichtet, hat Kling zu einem Shootingstar der Popkultur gemacht.[1]

Klings Erfolg baut auf der autorspezifisch-mündlichen Performance seiner Texte auf. Dies zeigt sich darin, dass seine Lesungen zumeist ausverkauft sind. Die Feuilletonistin Elisabeth von Thadden beschreibt in der Wochenzeitung *Die Zeit* eine solche Lesung im Jahr 2014:

> Ob Szenebühnen wie das Mehringhof-Theater in Kreuzberg, das Polittbüro in Hamburg oder der riesige Jugendstilsaal des Jenaer Volkshauses – das Publikum sitzt eine Stunde vor Beginn bereit auf den Plätzen. Es besteht zu erstaunlichen 80 Prozent aus Menschen, die um die 20 sind, Hipster-Milieu, auch mit Kopftuch. Zu ebenso erstaunlichen 20 Prozent ist der Rest bis zu 80 Jahre alt. Die Jüngsten sind höchstens zehn, erkennbar freiwillig hier, und es ist ihnen egal, wenn es auch um Habermas geht, um Thomas Mann oder Morus. Für sie ist das Känguru ihre anarchistische bessere Hälfte, wie es bei Astrid Lindgren Karlsson vom Dach für den braven Lillebror war. Was alle eint, ist Gelächter.[2]

An dieser Beschreibung sind meines Erachtens drei Dinge bemerkenswert: (1) Es wird hervorgehoben, dass Klings Lesung ein altersgemischtes Publikum anspricht. (2) Dass seine Texte als Populär- und Unterhaltungsliteratur auch den Bereich der sogenannten Hochliteratur ansprechen, ist kein Nachteil hinsichtlich ihrer Popularität. (3) Klings Publikumserfolg wird schließlich mit einer (unterstellten) identifikatorischen Lesart erklärt: „Für sie [die Zuhörenden] ist das Känguru ihre anarchistische bessere Hälfte, wie es bei Astrid Lindgren Karlsson vom Dach für den braven Lillebror war.“ Laut von Thadden erfüllt Klings Känguru dieselbe Entlastungsfunktion wie Lindgrens Karlsson vom Dach. Das anarchische Potenzial des Kängurus lässt

1 Hierbei handelt es sich um Die Känguru-Chroniken (2009), Das Känguru-Manifest (2011), Die Känguru-Offenbarung (2014) und Die Känguru-Apokryphen (2018).

2 Elisabeth von Thadden, 2014, Schnapspralinen fürs Tier, in: Die Zeit vom 13. März 2014, https://www.zeit.de/2014/12/uwe-marc-kling-die-offenbarung/komplettansicht (26.5.2020).

dabei das heterogene Publikum in einem gemeinsamen und befreienden ‚Gelächter‘ aufgehen.

Komik ist ein zentrales Charakteristikum von Klings Texten. Dies gilt auch für seine Bilderbücher, die sich dezidiert an kindliche Leser und Leserinnen richten. Seit 2015 arbeitet er mit der Illustratorin Astrid Henn zusammen und hat seitdem nahezu im Jahresrhythmus ein Kinderbilderbuch herausgebracht. Während das gemeinsame Debüt *Prinzessin Popelkopf* noch bei Voland & Quist erschien, wurden die anderen Kinderbilderbücher allesamt bei Carlsen veröffentlicht. In kurzer Folge sind hier *Der Ostermann* (2017), *Der Tag, an dem die Oma das Internet kaputt gemacht hat* (2018) und *Das Neinhorn* (2019) publiziert worden.[3] Insbesondere *Das Neinhorn* avancierte rasch zu einem Verkaufsschlager. Monatelang stand es auf Platz 1 der Spiegelbestsellerliste; mittlerweile ist es in der 21. Auflage erschienen (Stand: November 2020).

Wie die *Känguru*-Reihe operieren diese Kinderbilderbücher insbesondere mit einer subversiven Form von Komik.[4] Komik wird hier als Technik eingesetzt, um bestehende gesellschaftliche Strukturen zu hinterfragen, so meine leitende These. Die dargestellten Normverstöße und komischen Umwertungen werden in allen Büchern von Kling und Henn als erstrebenswert dargestellt. Damit stehen diese Texte in einer Linie, die meines Erachtens auf Peter Rühmkorf zurückgeht, der in einer Anthologie ‚alternativer‘ Kinderlyrik schon 1967 den gesellschaftskritischen Impetus hervorhob.[5] Auf diese ‚Traditionslinie‘, die paradoxerweise aus dem Bruch mit den Traditionen überhaupt erst entsteht, werde ich abschließend eingehen. Hier werde ich auch einen didaktischen Ausblick anschließen. Zunächst werde ich jedoch die Funktionsweisen von Kinder- und Jugendliteratur komiktheoretisch perspektivieren. Danach gehe ich auf zwei Formen subversiver Komik in den Texten von Kling und Henn ein.

---

3 Im Juli 2020 erschien der Nachfolgeband zu *Der Tag, an dem die Oma das Internet kaputt gemacht hat*: *Der Tag, an dem der Opa den Wasserkocher auf den Herd gestellt hat*. Während Voland & Quist für *Prinzessin Popelkopf* keine Angabe zum Lesealter gibt, ist Carlsen diesbezüglich aussagefreudiger. Die Bände *Der Tag, an dem die Oma das Internet kaputt gemacht hat* und *Der Tag, an dem der Opa den Wasserkocher auf den Herd gestellt hat* seien für Leserinnen und Leser ab 6 Jahren geeignet. *Der Ostermann* und *Das Neinhorn* sind hingegen Vorlesebücher, die sich laut Carlsen-Verlag schon für Kinder ab 4 bzw. 3 Jahren eignen würden.

4 Freilich darf man Komik nicht per se als gesellschaftskritisch oder subversiv verstehen. Wie ich noch ausführen werde, erkennt Maria Lypp vor allem eine Entlastungsfunktion der Komik, die weniger subversiv, sondern vielmehr normkonstituierend wirkt. Vgl. Maria Lypp, 2000, Lachen beim Lesen. Zum Komischen in der Kinderliteratur (1986), in: Vom Kaspar zum König. Studien zur Kinderliteratur, hrsg. von ders., Frankfurt a.M. u.a.: Peter Lang, S. 87-99; zur Entlastungsfunktion vgl. auch Tom Kindt, 2011, Literatur und Komik. Zur Theorie literarischer Komik und zur deutschen Komödie im 18. Jahrhundert, Berlin: Akademie, S. 157f.

5 Vgl. Peter Rühmkorf, 1995, Über das Volksvermögen. Exkurse in den literarischen Untergrund, Reinbek bei Hamburg: Rowohlt.

2. Komik und Kinderliteratur

Die Kinderbilderbücher von Kling und Henn operieren oftmals mit derber Komik. So heißt die Protagonistin des ersten Buches nicht nur Popelkopf, sondern wird von einer Hexe sogar in einen solchen verwandelt: „Sie [die Hexe] sprach: ‚Zu mir warst du nicht umsonst gemein. / Popelkopf heißt du und das sollst du auch sein.‘“[6] Aus dem unappetitlichen Namen wird zu Beginn also mittels magischer Operation innerhalb der fiktiven Welt ein sprechender Name. Suggeriert wird damit, dass die charakterlichen Dispositionen der Figur sich nun im Äußeren zeigen. In gewisser Weise wird der Spott mit dem Namen an dieser Stelle wörtlich genommen.[7] Die abstoßende Körperlichkeit, die zum Verlachen der Figur führt, wird von der Illustratorin Henn plastisch dargestellt. Damit zeigt sich schlaglichtartig, was Maria Lypp schon 1986 mit Blick auf die Kinderliteratur als „karnevaleske[n] Zug“ des Komischen bezeichnet hat.[8]

Lypp knüpft an die theoretischen Überlegungen Michail Bachtins an, die sie mit Dieter Henrichs Vorstellungen einer ‚freien Komik‘ kombiniert. Der Fokus einer solchen Komik liegt auf der Darstellung von Leiblichkeit, wie beispielsweise Essensaufnahme und Ausscheidungen. Der groteske Körper, wie ihn Bachtin am Beispiel von François Rabelais' *Gargantua und Pantagruel* (1532-64) beschrieben hat, ist hierbei das wesentliche Darstellungsmittel.[9] Lypp sieht die komische Kinderliteratur in dieser Linie und bezeichnet sie daher als „Vorführung einer befreiten Physis“.[10] Sie zeigt in ihrem einflussreichen Beitrag, dass Komik in der Kinderliteratur nicht grundlegend anders funktioniert als die Komik in der Erwachsenenliteratur.[11] Ferner wendet sie sich gegen eine qualitative Taxonomie, die die kindliche Komik als weniger komplex und anspruchsvoll versteht, was neuere empirische Studien der Humorforschung ebenfalls nahelegen.[12] Eine wesentliche Pointe des Beitrags besteht darin, die Kinderliteratur als ein Derivat der karnevalesken Lachkultur zu verstehen. Damit verfolgt Lypp einen kulturhistorischen Ansatz, der das Phänomen Komik als Kulturmus-

6 Marc-Uwe Kling (Text) und Astrid Henn (Illustrationen), 2019 [2015], Prinzessin Popelkopf, 3., überarb. Aufl., Dresden, Leipzig: Voland & Quist, nicht paginiert.

7 Auf die Bedeutung des Spotts mit dem Namen im Kindervers hat schon Peter Rühmkorf hingewiesen. Vgl. Rühmkorf, Über das Volksvermögen [Anm. 5], S. 71.

8 Lypp, Lachen beim Lesen [Anm. 4], S. 91.

9 Vgl. Michail Bachtin, 2018, Rabelais und seine Welt. Volkskultur und Gegenkultur. Übersetzt von Gabriele Leupold, hrsg. u. mit einem Vorwort versehen von Renate Lachmann, 7. Aufl., Frankfurt a.M.: Suhrkamp, S. 356-383. Das Groteske versteht Bachtin als eine spezifische Form der Komik, die auf das Mittelalter und die Renaissance zurückgeht; vgl. ebd., S. 89.

10 Lypp, Lachen beim Lesen [Anm. 4], S. 96.

11 Vgl. ebd., S. 91.

12 Vgl. Stefan Hauser, 2005, Wie Kinder Witze erzählen. Eine linguistische Studie zum Erwerb narrativer Fähigkeiten, Frankfurt a.M. u.a.: Peter Lang.

ter deutet.[13] Wie die karnevaleske Komik bricht auch die freie Komik mit den Normen und gesellschaftlichen Erwartungen.[14] Diese „Komik der Befreiung“ versteht Lypp als das Lachen über den Normbruch im Wissen um die sozialen und gesellschaftlichen Regeln.[15] Das daraus resultierende Lachen besitzt ein subversives Potenzial, da Regeln und gesellschaftliche Strukturen in Frage gestellt werden. Komik hat somit sowohl in der Kinder- als auch in der Erwachsenenliteratur vor allem eine Entlastungsfunktion.[16]

Wie diese Entlastungsfunktion nun wirkt, erörtert Lypp jedoch nicht. Wenn man Bachtin folgt, dann wird in der karnevalesken Komik eine ‚Gegenideologie‘ und ‚Gegenkultur‘ gelebt, die auf alle gesellschaftlichen Ebenen ausgreift. Die gegenwärtige

---

13 Lypps Komiktheorie übernehmen zahlreiche Studien, die sich mit der Komik in der Kinder- und Jugendliteratur auseinandersetzen. Vgl. Rüdiger Steinlein, 1992, Kinderliteratur und Lachkultur. Literarhistorische und theoretische Anmerkungen zu Komik und Lachen im Kinderbuch, in: Komik im Kinderbuch. Erscheinungsformen des Komischen in der Kinder- und Jugendliteratur, hrsg. von Hans-Heino Ewers, Weinheim, München: Juventa, S. 11-32; Inge Wild, 1995, Kindsein heute – zwischen Lachen und Weinen. Renaissance kinderliterarischer Komik, in: Veränderte Kindheit in der aktuellen Kinderliteratur, hrsg. von Hans-Heino Ewers, Braunschweig: Westermann, S. 81-94; Gabriele Czech, 2005, Komik in der Kinder- und Jugendliteratur der Gegenwart, in: Taschenbuch der Kinder- und Jugendliteratur, Bd. 2, 4., unv. Aufl., hrsg. von Günter Lange, Baltmannsweiler: Schneider, S. 862-887; Mareile Oetken, 2009, Was gibt es hier zu lachen? Inszenierungen von Komik in aktuellen Bilderbüchern, in: kjl&m 61, H. 2, S. 23-31; Gina Weinkauff, 2009, „Volle Kanne Witzigkeit“. Über Komik und Humor in der Kinder- und Jugendliteratur, in den Medien und in der Entwicklung Heranwachsender, in: kjl&m 61, H. 2, S. 3-15; Stefanie Çetin, 2014, „Ohne Spaß gibt’s nichts zu lachen“. Humor in Erich Kästners Kinderliteratur, Marburg: Tectum, und Susanne Drogi, 2020, Vom Suchen und Finden des Glücks diesseits und jenseits der Mauer. Formen und Funktionen von Komik in der Kinder- und Jugendliteratur zur DDR und ‚Wende‘, Baden-Baden: Tectum. Über die Kinder- und Jugendliteraturwissenschaft hinaus wird dieser Ansatz nur selten rezipiert. Dies liegt auch daran, dass Kinder- und Jugendliteratur in der allgemeinen Komikforschung selten thematisiert wird. Dies belegt schlaglichtartig das interdisziplinäre Komik-Handbuch, das 2017 von Uwe Wirth herausgegeben wurde. So werden zwar unterschiedliche mediale Formen der Komik thematisiert (Comic, bildende Künste, erzählende Literatur, Musik usw.). Die Bedeutung der Komik in der Kinder- und Jugendliteratur wird aber weder systematisch betrachtet noch inhaltlich untersucht. Selbst die Kapitel über narrativ und lyrisch vermittelte Komik kommen komplett ohne Beispiele aus der Kinder- und Jugendliteratur aus. Wenn man an die sprachspielerische Lyrik von James Krüss denkt, verwundert diese Leerstelle durchaus. Vgl. Uwe Wirth (Hg.), 2017, Komik. Ein interdisziplinäres Handbuch. Unter Mitarbeit von Julia Paganini. Mit 45 Abbildungen, Stuttgart: Metzler.

14 Lypp, Lachen beim Lesen [Anm. 4], S. 90.

15 Ebd., S. 91.

16 Dies stellt für die gegenwärtige englischsprachige Kinderliteratur heraus Julie Cross, 2011, Humor in Contemporary Junior Literature, London, New York: Routledge.

Ordnung wird förmlich ‚auf den Kopf' gestellt.[17] Diese Verkehrung der herrschenden Ordnung wird von Bachtin beispielsweise im Bild des Narren vorgeführt. Es ist ein wesentliches Verdienst von Bachtins Studie, auf die subversiven Potenziale der Komik und des Grotesken hingewiesen zu haben. Wie Bachtin in *Rabelais und seine Welt* (1940/1965) herausarbeitet, bietet die karnevaleske Komik die Möglichkeit eines geduldeten Tabubruchs, der zwar ein subversives Potenzial bereithält, das aber nicht notwendigerweise aktiviert werden muss.

In Anschluss an Bachtin fokussiert Lypp vor allem die Wirkung und gesellschaftliche Funktion komischer Textstrukturen, wobei sie offenlässt, welches intentionale Profil die eingesetzte Komik mit Blick auf die gesellschaftlichen Strukturen besitzt. Offen bleibt die Frage, ob es in der komischen Kinderliteratur um die Stabilisierung oder um die Infragestellung der sozialen Ordnung geht.[18] Lypp hebt am Ende ihrer Argumentation die „emanzipatorische Funktion" des Lachens hervor, die als Entlastung von potenziell belastenden Strukturen und Normen zu verstehen ist.[19] Insofern steht Komik in der Kinderliteratur also in vielfältigen Bezügen zu Normen, Strukturen und gesellschaftlichen Bindungen, wobei Komik schlussendlich die herrschende Ordnung zu stabilisieren scheint.[20]

Nun ist Lachen ein rezipientenseitiger Ausdruck, der nicht notwendig auf Komikstrukturen zurückgehen muss. Nicht jeder komische Text führt zum Lachen. Und

---

17 Vgl. Renate Lachmann, Vorwort, in: Bachtin, Rabelais und seine Welt [Anm. 9], S. 7-46, hier S. 9.

18 Wenn man Bachtin folgt, dann dürfte das Subversionspotenzial von Komik auch in der Kinderliteratur dominieren. Zu bedenken wäre allerdings zweierlei: Zum einen konzentriert sich Bachtin auf die Lachkultur des Mittelalters und der Renaissance, wobei er immer wieder auf die Differenzen zur Moderne hinweist. Man kann die Kinderliteratur möglicherweise in der direkten Folge der Volksliteratur sehen, allerdings müsste man dann auf die historisch-gesellschaftlichen Differenzen ausführlicher eingehen. Zum anderen muss Bachtins Ansatz im historischen Kontext der Stalin-Ära eingebettet werden. Bachtin analysiert eine humoristische Gegenkultur, die zentrifugale Kräfte entfaltet, vor der Folie eines Gesellschafts- und Kulturtyps, der vornehmlich zentripetal organisiert ist. Vgl. ebd., S. 28.

19 Lypp, Lachen beim Lesen [Anm. 4], S. 98. Dies gilt auch für ähnlich argumentierende Überlegenheitstheorien der Komik, die nicht die Entlastungsfunktion von Komik herausstellen, sondern den Aspekt der Unzulänglichkeit einer komischen Situation betonen. Lachen ist hier eher ein Verlachen, das normkonstituierend wirkt. Lypp positioniert sich dezidiert gegen diese Überlegenheitstheorien. Vgl. ebd., S. 89.

20 Lypp schließt sich in ihrem Beitrag den Studien von Hermann Helmers an, der in literaturdidaktischer Sicht die Stabilisierung der sozialen Ordnung als wesentliche Funktion erkennt. Nach Helmers lässt sich die Komik im Kindergedicht auf ein Humorbedürfnis zurückführen, das „ein Feind der Anarchie" sei. Insofern stellt komische Kinderlyrik ein „literarisches Übungsfeld" bereit, das der „sozialen Integration" diene (Hermann Helmers, 1978, Lyrischer Humor. Strukturanalyse und Didaktik der komischen Versliteratur, 2., überarb. Aufl., Stuttgart: Klett, S. 11-14).

nicht jedes Lachen resultiert aus der Rezeption komischer Dinge.[21] Dass Lypp in ihrem Artikel die Grenze zwischen Lachen und Komik nicht immer klar benennt, wurde meines Erachtens bislang nicht erörtert.[22] Eine solche theoretische Unschärfe ist in der Komikforschung aber durchaus verbreitet, wie Tom Kindt in seiner Habilitationsschrift zeigt. Im Anschluss an Kindt möchte ich Komik im Folgenden „als ein Merkmal von Gegenständen“ verstehen.[23] Der Kern der Komik besteht, wie auch schon Lypp ausgeführt hat, in einem „Kontrastverhältnis“.[24] Komik ist also das Ergebnis von überraschenden Inkongruenzen, wobei in literarischen Texten auf zwei Arten Komik erzeugt wird: Einerseits kann Komik auf der Ebene der Darbietung hergestellt werden. Kindt denkt hier beispielsweise an Sprachkomik. Weil sich diese Art von Komik auf die Vermittlungsebene bezieht, entwickelt sie häufig ein selbst- oder metareferentielles Potenzial. Andererseits kann Komik auch auf der Ebene des Dargebotenen entstehen. Hierbei handelt es sich um Ereigniskomik oder Figurenkomik, die sich auf die ‚Inhaltsebene‘ beschränkt.[25] Die groteske Körperlichkeit, die Bachtin oder auch Henri Bergson fokussieren, wäre auf dieser Ebene anzusiedeln.[26] Wenn es um die Komik der Leiblichkeit geht, handelt es sich um Komik auf der Ebene des Dargebotenen. Diese Art der Komik findet sich auch bei Kling und Henn: So bricht in *Der Ostermann* der Sohn des Weihnachtsmanns mit der Familientradition, da er nicht Weihnachtsmann, sondern ‚Ostermann‘ werden möchte. Die Komik dieses Kinderwunsches entsteht aus der Brechung der rezeptionsseitigen Erwartungshaltung.

---

21 Für Helmuth Plessner ist das Lachen beispielsweise ein Ausdruck der grundsätzlichen Exzentrizität des Menschen. Lachen hat, laut Plessner, wenig mit Komik zu tun. Vielmehr sei das Lachen – wie das Weinen – eine krisenhafte Ausdrucksform. Wenn etwas sprachlich nicht mehr fassbar ist, wird gelacht oder geweint. Vgl. Helmuth Plessner, 1982, Lachen und Weinen. Eine Untersuchung der Grenzen menschlichen Verhaltens (1941), in: Gesammelte Schriften, Bd. VII: Ausdruck und menschliche Natur, hrsg. von Günther Dux, Odo Marquard und Elisabeth Ströke, Frankfurt a.M.: Suhrkamp, S. 201-387.

22 Dies ficht nicht die These an, dass Komik ein kulturhistorisches Phänomen ist, das – mit Blick auf literarische Komik – aus der Wechselwirkung von Textstrukturen und Rezeption entsteht. Man kann Komik als (historisch variables) Kulturmuster verstehen, gleichzeitig wird Komik aber textuell hergestellt.

23 Kindt, Literatur und Komik [Anm. 4], S. 2.

24 Lypp, Lachen beim Lesen [Anm. 4], S. 89. In Anschluss an Henrich definiert Lypp die freie Komik als eine Verrückung des Vertrauten in Überraschendes, wobei es zu einem plötzlichen Umschwung kommen muss, der im Überraschenden aber noch das Vertraute sichtbar lässt. Vgl. ebd., S. 89.

25 Vgl. dazu ausführlich Kindt, Literatur und Komik [Anm. 4], S. 146-153.

26 Vgl. Henri Bergson, 1959, Le rire, in: Œuvres, hrsg. von André Robinet. Mit einer Einf. von Henri Gouhier, Paris: PUF, S. 381-485, hier S. 411f. Für Bergson impliziert Komik stets ein ‚Verlachen‘. Vgl. dazu auch Karlheinz Stierle, 1976, Komik der Handlung, Komik der Sprachhandlung, Komik der Komödie, in: Das Komische, hrsg. von Wolfgang Preisendanz und Rainer Warning, München: Wilhelm Fink, S. 237-268, der das Fremdbestimmte als Kern der Komik erkennt.

Dass den durch den Berufswechsel freigewordenen Platz der ‚Weihnachtshase' einnimmt, belegt nachdrücklich, wie das Stilmittel der Vertauschung für eine komische Volte funktionalisiert wird. Genauso wie in *Prinzessin Popelkopf* zielt diese Komik auf die dargebotene ‚Geschichte' – narratologisch gewendet: auf die Ebene der *histoire*. Während *Der Ostermann* und *Prinzessin Popelkopf* primär mit Mitteln der Figurenkomik operieren (also die Komik sich auf der Ebene des Dargebotenen realisiert), nutzt *Das Neinhorn* die Mittel der Darbietungskomik – diese Komik realisiert sich vor allem auf der Ebene des *discours*.

Im Folgenden werde ich die Funktionspotenziale dieser Komik sowohl auf Ebene der *histoire* als auch Ebene des *discours* herausarbeiten. Ferner fällt an allen Texten von Kling und Henn auf, dass sie behaupten, keine ‚Moral' zu vertreten. So heißt es am Ende von *Das Neinhorn*: „Ich habe das NEINhorn gefragt, ob die Geschichte nicht noch eine Moral braucht, etwas, das man aus ihr lernen kann, aber das NEINhorn hat gesagt: ‚Nein.' […] Falls du gerne eine Moral hättest, dann denk dir einfach selbst eine aus."[27] Auch wenn die pädagogische Norm ostentativ zurückgewiesen und in die Hände der Rezipierenden gelegt wird, ist den Texten doch eine Norm eingeschrieben, die sich im Bachtin'schen Sinne als ‚Gegenkultur' generiert und dafür die ästhetische Faktur funktionalisiert.

3. Fortschreibung der karnevalesken Lachkultur als gesellschaftspolitische Satire (*Prinzessin Popelkopf*)

Der Debütband von Kling und Henn lässt sich auf den ersten Blick in die von Lypp herausgearbeitete Linie einer komischen Kinderliteratur einreihen. Die ‚Befreiung der Physis' wird hier zum Katalysator der Erzählung. Die titelgebende Protagonistin wird zunächst als äußerlich schön vorgestellt. Gleichzeitig wird deutlich gemacht, dass es sich nicht um eine Identifikationsfigur handelt:

> Es war einmal eine hübsche Prinzessin mit viel Rosa drumrum
> und wie die meisten Prinzessinnen war sie sehr dumm.
> Sie schubst und haute die ganze Zeit.
> Sie war gemein und sie klaute, und nie tat ihr was leid.
> Sie hielt sich für rein, dabei war sie nur käsig,
> für hochwohlgeboren, doch war nur hochnasig.
> Sie pullerte nachts in einen goldenen Topf,
> sie das einz'ge Kind derer von und zu Popelkopf.[28]

Zunächst nimmt der Text des Bilderbuchs das Stereotyp der ‚schönen Prinzessin' auf, um es sogleich zu durchbrechen, indem die besondere Dummheit nicht nur dieser, sondern der meisten Prinzessinnen herausgestellt wird. Dass der zweite Vers typo-

27 Marc-Uwe Kling (Text) und Astrid Henn (Illustrationen), 2019, Das Neinhorn, Hamburg: Carlsen, nicht paginiert.

28 Kling (Text) / Henn (Illustrationen), Prinzessin Popelkopf [Anm. 6], nicht paginiert. Das Bilderbuch wird im Weiteren nach dieser Ausgabe im Text zitiert.

graphisch hervorgehoben wird, indem er in einer größeren Type gesetzt wird, markiert diesen Sachverhalt auch auf der Darstellungsebene. Dummheit erscheint als allgemeingültiges Spezifikum von Prinzessinnen.

Der zweite Schwerpunkt der Figurenbeschreibung liegt auf der Körperlichkeit der Protagonistin. Sie schubst, klaut, hat eine ungesunde Gesichtsfarbe und uriniert in einen Nachttopf. Insbesondere die Schilderung des nächtlichen Wasserlassens steht in der Tradition grotesker Körperdarstellungen, wie sie Bachtin herausgearbeitet hat. Hier geht es um die Auflösung des Körperganzen, indem die Grenzen zwischen Körper und Welt permeabel werden. Die Körperlichkeit wird auch in Henns Illustration hervorgehoben.

Abb.: Kling (Text) / Henn (Illustrationen), *Prinzessin Popelkopf* (nicht paginiert)

Zunächst fällt der goldene Nachttopf auf, der am linken Bildrand zu sehen ist.[29] Seine eigentliche Funktion wird auf übertriebene Art erweitert, indem ein Toilettenpapierhalter neben dem Nachttopf platziert ist. Zudem werden hektische Armbewegungen der Prinzessin angedeutet: Dieses Fuchteln mit Armen führt dazu, dass einer ihrer Diener das Gleichgewicht verliert. Die slapstickhafte Körper- und Figurenkomik dieser Eingangsepisode, die sich aus dem Zusammenspiel von Bild und Text ergibt, zielt auf die Konstruktion einer grotesken Körperlichkeit, die im Folgenden weiter gestärkt wird. Denn weil die Prinzessin nicht nur dumm, sondern auch noch grob unhöflich ist, wird sie von einer Hexe verflucht: „ABRAKADABRA KRÖTENKOPF. / Du heißt und bist ein POPELKOPF!" Dabei wird es nun unappetitlich, da die Ausschei-

29 Hier einen intertextuellen Bezug zu E.T.A. Hoffmanns *Der goldne Topf* (1814) zu sehen, scheint mir arg forciert und eher assoziativ, da es keine weiteren ‚Indizien' dafür gibt, dass *Prinzessin Popelkopf* formal oder inhaltlich auf Hoffmanns Kunstmärchen Bezug nimmt.

dungen des Körpers nicht mehr nur auf der sprachlichen Ebene angedeutet, sondern in den Illustrationen explizit dargestellt werden. Die Prinzessin bekommt wirklich einen Popelkopf. Der Fluch wird realisiert, indem die Hexe „aus der Nase 'nen Popel ans Licht" zieht und diesen der Prinzessin „ins Gesicht" schnippt, wobei sowohl die Flugbahn des ‚Popelwurfs' als auch der geworfene Gegenstand von Henn ins Bild gesetzt werden. Das Innere des menschlichen Körpers wird veräußert, und zwar auf doppelte Weise: Einerseits wird ein Stück verdickten Schleims aus der Nase gezogen; andererseits sieht die Prinzessin nun so aus, wie sie heißt. Damit wird ihr Name zu einem sprechenden Namen.

Die groteske Körperlichkeit führt zum Verlachen der Figur, was auch intradiegetisch durch die anderen Figuren gespiegelt wird: „Da ging die Prinzessin nur noch selten raus, / denn die Leute lachten sie heimlich aus." Dieses Verlachen realisiert sich auch auf der extradiegetischen Ebene. Denn die erzählte und dargestellte groteske Körperlichkeit dient der Herabsetzung der Figur.[30] Die Prinzessin wird so – auch für die Lesenden – zu einer lächerlichen Figur, weil sich ihre moralische Fehlerhaftigkeit nun in äußerer Hässlichkeit manifestiert.

Dass sich die groteske Körperlichkeit auf das Gesicht bezieht, ist besonders prekär. In Henns Illustrationen wird die Unförmigkeit des ‚Popelgesichts' explizit hervorgehoben: Das Gesicht ist schief und verquollen, die Nase ist sehr groß und tropft beständig. Die grüne Farbe und die disharmonischen Proportionen suggerieren, dass ihr Gesicht nun aus ‚Schleim' besteht. Die Fokussierung auf das Gesicht und die Nase-Mund-Partie wird im Folgenden beibehalten.

Um sich aus ihrer misslichen Lage zu befreien, müsse die Prinzessin eigentlich nur ihren Namen ändern, so die Überlegung ihres Vaters. Wenn der Fluch der Hexe auf die Identität des Namens mit dem Aussehen zielt, dann dürfte eine Heirat – die zur Namensänderung führt – das Problem lösen. Also sucht man nach geeigneten Heiratskandidaten. Die Orientierung am passenden Namen zeigt wiederum die Oberflächlichkeit der Kandidatenauswahl. Dabei werden weitere Varianten sprechender Namen durchdekliniert: Neben Fürst Furzgesicht wird auch Herzog Hackfleischhaut abgelehnt, weil beide nicht zu einer wesentlichen Verbesserung des Aussehens der Prinzessin führen würden. Die Prinzessin lehnt beide Kandidaten ab, weil ihr Gesicht (!) dann noch grotesker aussehen würde. Die Illustrationen von Henn zeigen jeweils das potenzielle Aussehen der Nase-Mund-Augen-Partie, würde sie Fürst Furzgesicht oder Herzog Hackfleischhaut heiraten. Diese Fokussierung auf den Gesichtsbereich steht in der Tradition der grotesken Körperlichkeit, wie sie Bachtin herausgearbeitet hat:

30 Zu dieser Überlegenheitstheorie der Komik, die auf Aristoteles, Cicero, Quintilian und Hobbes zurückgeht, vgl. Kindt, Literatur und Komik [Anm. 4], S. 41f. Dieser Ansatz gründet auf der Vorstellung, „dass das Lächerliche mit einer Wahrnehmung von Schwäche oder Pannen im Zusammenhang steht, die im Wahrnehmenden ein Gefühl der Größe oder zumindest der Erleichterung darüber hervorruft, selbst nicht betroffen zu sein" (ebd., S. 42).

> Als Teile des Gesichts spielen in der grotesken Körperkonzeption nur *Mund und Nase* eine wesentliche Rolle. Kopfform, Ohren und auch die Nase erhalten erst dadurch grotesken Charakter, daß sie *tierische Formen* oder die *Form irgendwelcher Gegenstände* annehmen. [...] [F]ür sie [die Groteske] ist alles *interessant, was hervorspringt, vom Körper absteht,* alle Auswüchse und Verzweigungen, alles, was über die Körpergrenzen hinausstrebt und den Körper mit anderen Körpern oder der Außenwelt verbindet.[31]

Klings Erzählung und Henns Illustrationen führen das Gesicht der Prinzessin im Bachtin'schen Sinne als grotesken Körper vor. Da die Prinzessin bei der Wahl ihres Bräutigams ausschließlich auf ihr späteres Aussehen achtet, ist es nur konsequent, dass sie sich schließlich für Graf Grützhirn ausspricht: „Ich will Graf Grützhirn! So, jetzt ist's raus. / Er ist zwar dumm, doch sieht super aus." Mit der Heirat ist somit der *status quo* hergestellt. Die Prinzessin ist nach der Heirat wieder hübsch und dumm.

Das Kinderbilderbuch nutzt auf der Ebene des Dargebotenen die groteske Körperlichkeit, um Komik herzustellen. Die Komik zielt dabei auf die Abwertung und das Verlachen der Figur. Es zeigt sich ferner, dass es sich bei der grotesken Körperlichkeit um ein Klassenspezifikum handelt. Denn „[a]lles was Rang und Namen hatte" und zur Hochzeit von Prinzessin Popelkopf und Graf Grützhirn erscheint, besitzt eine entgrenzte und groteske Körperlichkeit, die über sprechende Namen verdoppelt wird. Von einer Klassenspezifik kann man deswegen sprechen, weil es sich ausschließlich um Adlige, Offiziere und Kleriker handelt.[32] Kontrastiert wird die groteske Körperlichkeit dieser Klassen mit der arbeitenden Klasse, deren sprechende Namen sich durchweg aus positiv konnotierten Attributen bildet. Hier gibt es einen „Bauer Schlau", den „Fischer Friedlich", den „Schäfer Schön" usw. Die simple Dichotomie zwischen herrschender Klasse, die moralisch flexibel handelt, und der arbeitenden Klasse, die gut und redlich ist, wird von der Hexe gegen Ende des Kinderbilderbuchs auf die Sehnsucht nach äußerlichen Insignien der Macht zurückgeführt: „Der Mensch ist nichts Anderes als das, / wozu er sich macht! / Doch du wählst ein Grützhirn wegen Titel und Pracht?"

Das Kinderbilderbuch funktionalisiert die groteske Körperlichkeit, um die Adligen, Offiziere und Kleriker als Objekte des Verlachens darzustellen. Damit wird die Komik gesellschaftskritisch und -politisch funktionalisiert. Mit der Protagonistin wird dabei nicht zimperlich umgegangen. Als Vertreterin des Adels wird sie über derbe Körperverzerrungen verunglimpft.[33] Zielscheibe dieses Verlachens ist aber nicht eine

---

31 Bachtin, Rabelais und seine Welt [Anm. 9], S. 358.

32 „Sir Schmierig und der Baron zu Blöde, Freiherr Fiesefratze und der Kaiser Kröte, / Oberst Ohrschmalz mit der Marquise Mitesser, Sultan Stinkepo und Ritter Rotzfresser, / Queen Quintia Qualle, Waldgraf Warzennase, sogar Unteroffizier Undichteblase. / Und schließlich wurde Papst Pisspott angewiesen, / zwischen Prinzessin und Graf die Ehe zu schließen."

33 Die Art und Weise, wie die Prinzessin als groteske Figur vorgeführt wird, hat durchaus Ähnlichkeit mit den derben Vers-Satiren des 16. und 17. Jahrhunderts. Vgl. Hans-Georg Kemper, 2009, Komische Lyrik – Lyrische Komik. Über Verformungen einer formstrengen Gattung, Tübingen: Max Niemeyer, S. 47-49.

spezifische Figur, vielmehr werden die oberen sozialen Klassen kritisiert. Dass es sich hierbei nicht um eine Kritik an einer unbestimmten monarchischen Ordnung handelt, wird am Ende deutlich, da der Bogen in die Gegenwart geschlagen und damit suggeriert wird, dass sich auch die heutigen Regierungen eher an ‚Titel und Pracht' orientieren würden. Dies erfolgt zum einen auf der textuellen Ebene, indem konstatiert wird: „Doch im Nachhinein erwies sich die Hochzeit als weise. / Denn Popelköpfe beherrschten früher die Leute, / aber die Grützhirne, die regieren noch heute." Zum anderen schließt das Kinderbilderbuch mit einem karikierenden Gruppenbild aktueller Regierungsvertreter. Dass sich die gesellschaftspolitische Kritik nicht grundsätzlich auf alle heutigen Regierungen bezieht, lässt sich aus den dargestellten Personen des Gruppenbilds schließen. Henn karikiert nämlich vornehmlich Politiker, die in westeuropäischen Medien (größtenteils) als Autokraten oder Populisten bezeichnet werden.[34] Die dargestellten Politiker verfolgen in der Mehrzahl eine nationalistische Agenda, wogegen sich das Kinderbilderbuch abschließend positioniert, indem es diese – ausschließlich männlichen – Vertreter explizit als ‚Grützhirne' bezeichnet.

Prinzessin Popelkopf tendiert insofern zur Satire, als es sich um den „Ausdruck der Anstoßnahme an generellen, die Allgemeinheit betreffenden (tatsächlichen oder vermeintlichen, in den Augen des Satirikers gegebenen) Missständen oder Mängeln" handelt.[35] Diese Missstände werden im Kinderbilderbuch auf textueller und bildlicher Ebene dargestellt. Zwar wird nicht explizit der Appell geäußert, diese Missstände abzustellen. Gleichwohl wird eine politische Agenda deutlich, die auf einer moralisch-ethischen Differenz zwischen der herrschenden und arbeitenden Klasse gründet.[36] Auf den ersten Blick appelliert *Prinzessin Popelkopf* an den Verstand des Individuums, das quasi gut aufklärerisch seinen Lebensweg in den eigenen Händen hat. Dieses emanzipatorische Programm wird mit einer politischen Kritik verknüpft, dass die Herrschenden nur an den äußerlichen Insignien der Macht interessiert seien.

34 Das Bild im Bild zeigt Matteo Salvini, Kim Jong-un, Donald Trump, Wladimir Putin, Recep Tayyip Erdoğan, Viktor Orban und Boris Johnson. Lediglich Horst Seehofer, der sich versehentlich eine Maß Bier über die Hose kippt, scheint aus dieser Reihe der Autokraten und Populisten herauszufallen.

35 Rüdiger Zymner, Art. „Satire", in: Wirth (Hg.), Komik [Anm. 13], S. 21-25, hier S. 21. Satire ist nicht notwendig komisch: „Satire ist oft, aber nicht ausnahmslos komisch, und Komik ist bisweilen, aber keineswegs immer satirisch. [...] Beim Komischen handelt es sich um eine von verschiedenen Formen, in denen das Satirische auftritt; und das Satirische stellt eine von mehreren Funktionen dar, die das Komische haben kann" (Kindt, Literatur und Komik [Anm. 4], S. 157).

36 Dies passt auch zur Autorinszenierung: „Kling bezeichnet sich selbst als Anarchist und als links", wie Gisa Funck 2009 festhält. Gisa Funck, 2009, Das kommunistische Känguru, in: Der Tagesspiegel vom 10. März 2009, https://www.tagesspiegel.de/kultur/literatur/kabarett-das-kommunistische-kaenguru/1469572.html (17.6.2020).

4. Sprachwitz und Gesellschaftskritik (*Das Neinhorn*)

Das Neinhorn schraubt die politisch-satirische Funktion merklich zurück. Dies geht mit dem Zurücktreten der Komik auf der Ebene des Dargebotenen einher. Genutzt wird hingegen die Darbietungskomik. Damit löst sich dieses Kinderbilderbuch von der karnevalesken Lachkultur, da groteske Körperlichkeiten keine größere Rolle spielen. Vielmehr wird vor allem über Sprachwitz und -spiel Komik hergestellt. Wie Komik hier textuell erzeugt wird, lässt sich meines Erachtens auf drei Ebenen zeigen: (1.) dosierte Informationsvergabe seitens der Erzählinstanz, (2.) Unterlaufen bekannter Frames und Skripte und (3.) typographische Variationen.

(1.) Im Zentrum des Kinderbilderbuchs steht ein junges Einhorn, mit dessen Geburt auch die Erzählung beginnt. Die heterodiegetisch-extradiegetische Erzählinstanz kommt bei der Beschreibung des Geburtsvorgangs aber schon in Erklärungsnöte: „Eines Tages brach da aus einem Ei ein Einhorn heraus. / Quatsch, nicht aus einem Ei! Es war ja keine Maus. // Beziehungsweise kein Huhn. / Äh, ja, äh, nun…“.[37] Offensichtlich scheint die Erzählinstanz Hemmungen zu haben, von der Geburt des Einhorns zu erzählen. Angespielt wird damit auf die bekannten Nöte von Eltern, deren Kinder fragen, wie denn eigentlich ein Kind ‚gemacht‘ werde und auf die Welt komme. Dieses Lavieren der Erzählinstanz ist einerseits komisch, weil es im Sinne des Paarreims zunächst behauptet, dass Mäuse aus einem Ei schlüpfen würden. Andererseits ist diese Passage insbesondere für die erwachsenen Leserinnen und Leser komisch, da auf das oben genannte ‚Gesprächstabu‘ rekurriert wird. Aus diesem sittlich-moralischen Dilemma kommt die Erzählinstanz auch in den Folgeversen nicht heraus: „Das weiß doch ein jeder, wie ein Einhorn schlüpft! / Es kommt Horn voran aus seiner Mami gehüpft. // Für die Mamis ist das schon schön, aber auch schwierig, weil… / Na ja, am besten, wir gehen nicht zu sehr ins Detail.“ Das Gesprächstabu wird als solches markiert, indem die Erzählinstanz ihre Sprachlosigkeit ausstellt. Es dürfte auf der Hand liegen, dass diese Art von Komik, die ein spezifisches Kontextwissen voraussetzt, vornehmlich auf die erwachsenen Leser und Leserinnen abzielt.

(2.) Wie schon bei *Prinzessin Popelkopf* ist die Erzählung über das Neinhorn versifiziert. In größtenteils jambischen Vierhebern mit alternierenden Senkungen werden die einzelnen Verse über den Paarreim strukturiert und rhythmisiert. Dabei wird zunächst ein stereotypes Setting aufgerufen: „Im Schatten einer riesigen Lilie / wohnt im Herzwald eine Einhornfamilie.“ Allerdings werden die mit ‚Einhorn‘ verbundenen kulturell geläufigen Frames und Skripte unterlaufen. Denn die Idylle gerät in eine Schieflage, weil sich die Hauptfigur nicht in das stereotype Setting einpassen kann. Durch eine kleine graphematische Erweiterung des Gattungsnamens wird diese Unangepasstheit verdeutlicht: „Es sagte so oft ‚Nein!‘, dass man es, auf Vorschlag seiner Tante, / nicht mehr Ein-, sondern nur noch NEINhorn nannte.“ Auch hier nutzt das Kinderbilderbuch das Stilmittel des sprechenden Namens. Allerdings bedingt nun

---

37 Kling (Text) / Henn (Illustrationen), Das Neinhorn [Anm. 27], nicht paginiert. Das Bilderbuch wird im Weiteren nach dieser Ausgabe im Text zitiert.

nicht der Name das Aussehen. Vielmehr wird aufgrund des Verhaltens ein ‚passender‘ Name gebildet.[38] Nachdem das namenlose Einhorn einen Namen bekommen hat, wird es von seiner Familie gefragt, warum es sich nicht an den Dingen erfreut, an denen Einhörner gemeinhin Spaß haben. Kern seiner Ablehnung ist dabei die Oberflächlichkeit: „Ach, euer Lächeln, das ist euch doch ins Gesicht geleimt! / Und mich nervt auch, dass sich jeder Satz immer reimen muss.“ Bemerkenswert ist diese Passage, weil sie das Endreimschema außer Kraft setzt: Statt nun das geforderte Reimwort auf „geleimt“ zu sagen (natürlich: ‚reimt‘), bricht das Neinhorn in seiner Rede mit dem Paarreimschema. Dabei entfaltet die Rede an dieser Stelle ein metareferentielles Potenzial, da die literarische Gemachtheit der Vers-Erzählung selbst zum Gegenstand wird. Auch die übergeordnete Erzählinstanz verzichtet im Folgenden auf den Paarreim. Insofern handelt es sich hierbei um eine komische Metalepse, da die Figurenrede die Erzählerrede beeinflusst: Aus der Verserzählung wird eine Prosaerzählung. Nur so kann das Reimen an späterer Stelle zur Komikerzeugung eingesetzt werden: „Das NEINhorn grummelte: ‚Nein! / Denn ich will nicht sauber sein.‘ // Und dann ärgerte es sich, weil es aus Versehen gereimt hatte.“ Dies führt mich zu den Komikelementen, die über typographische Variationen hergestellt werden.[39]

(3.) In *Das Neinhorn* wird an insgesamt vier Stellen mit Durchstreichungen operiert, die sich zweimal auf den Endreim beziehen, einmal auf eine Homophonie hinweisen und schließlich ein Fremdwort verballhornen.[40] Zwei Aspekte sind bei diesen Durchstreichungen von Bedeutung: Einerseits handelt es sich um paratextuelle Elemente, die aber die Grenze zur Textualität durchbrechen.[41] Andererseits nutzen sie

38 Im Gegensatz zur Protagonistin in *Prinzessin Popelkopf* ist das Neinhorn nicht Gegenstand der Komik. Das Neinhorn wird nicht lächerlich gemacht und verlacht. Vielmehr erscheinen die Konventionen, in die es geboren wird, als unpassend für den Charakter des Neinhorns. Daher löst es sich auch von seiner Familie und sucht den Weg nach Nirgends.

39 Der Vers ist zunächst nur eine typographische Konvention: Es wird ein bewusster Zeilenumbruch gesetzt, wo in Prosatexten üblicherweise der Zeilenumbruch aufgrund des Formats erfolgt. Vgl. Dieter Lamping, 1989, Das lyrische Gedicht. Definitionen zu Theorie und Geschichte der Gattung, Göttingen: Vandenhoeck & Ruprecht, S. 24.

40 Beispielsweise wird ‚Jäger‘ als „Jäga“ gedruckt, um den Endreim mit „mega“ zu betonen. Dieses „Jaga“ wird durchgestrichen präsentiert und mit einer Handschriftentype das korrekte „Jäger“ ergänzt. Die „kuhle Kuhsine“ ist ein Homophon, das auf die ‚coole Cousine‘ verweist; von Henn wird die Cousine dann als Kuh dargestellt. Und auf die Differenz von Aussprache und Schreibweise verweist „bätakogisch“, das zu „pädagogisch“ korrigiert wird. Diese Verballhornung dürfte die Funktion haben, eben jene pädagogische Norm auch graphematisch ad absurdum zu führen.

41 Dieser Befund führt zu einem literaturtheoretischen Problem: Die typographische Gestaltung wird von Gérard Genette bekanntlich der Paratextualität zugerechnet, die nicht zum ‚eigentlichen‘ Text gehört. Vgl. Gérard Genette, 2016, Paratexte. Das Buch vom Beiwerk des Buches, 6. Aufl., Frankfurt a.M.: Suhrkamp, S. 22. Nun integrieren kinder- und jugendliterarische Texte oftmals ihre material-ästhetischen Beschaffenheit in die Erzählung, womit sie die Grenze zwischen Paratext und Text permeabel machen. Vgl. Klaus Müller-Wille, 2019, Das Lesen neu erfinden. Zu Aspekten der Materialität

die schriftliche Verfasstheit des Textes, um Komik zu erzeugen. Es wird suggeriert, dass die handschriftliche Korrektur dem gedruckten Wort chronologisch nachgeordnet sei. Die handschriftliche Korrektur verweist damit auf die eigentlich ‚richtige' Schreibweise. Dies zielt aber weniger auf die (vom Verlag genannten) Adressatinnen und Adressaten des Kinderbilderbuchs. Fluchtpunkt dieser Komik sind erneut die erwachsenen Vorleser und Vorleserinnen. – Wie sich diese Technik des schriftlichen Erzählens im Hörbuch *Das Neinhorn* realisiert, wäre separat zu analysieren.

Zwei andere Mittel, die man ebenfalls zur paratextuellen Gestaltung zählen müsste, zielen weitaus stärker auf die kindlichen Adressatinnen und Adressaten ab. So wird die Grenze zwischen Illustration und Text, die in *Prinzessin Popelkopf* durchgängig eingehalten wird, im *Neinhorn* gelockert. Text wird auch in Sprechblasen präsentiert, was mitunter dazu führt, dass man die Reihenfolge des Erzählten nicht eindeutig erkennt. Ferner werden die Modi von *showing* und *telling* aufeinander bezogen, wenn die Erzählinstanz beispielsweise über einen Doppelpunkt auf die Illustration verweist.[42] Die Illustration wird so in den Text integriert, wobei die Erzählinstanz eine deiktische Geste vollzieht: „Das NEINhorn und die KönigsDOCHter konnten übrigens echt endlos lange Gespräche führen. Die gingen ungefähr so: […]". Nach dem Doppelpunkt folgt eine Illustration, die ein Gespräch zwischen den beiden Figuren in Form von Sprechblasen zeigt. Der dargestellte Dialog ist komisch, weil er mit Wiederholungen und einer überraschenden Variation operiert.

Auf eine Durchdringung von Illustration und Text setzt auch eine weitere Technik, die sogar die buchmediale Präsentation für die Erzählung nutzt: Als das Neinhorn mit seinen Gefährten an einen Turm kommt, muss man das Buch um 90 Grad drehen. Es wird so suggeriert, dass der Turm zu hoch sei, um ihn ‚normal' auf die Seite zu drucken. Diese Darbietung bricht mit Druck- und Rezeptionskonventionen und führt zu einer rezeptionsseitigen Überraschung. Wie schon bei der Auflösung des Reims wird ein metareferentieller Effekt erzielt, da auf die Art und Weise der Vermittlung verwiesen wird. Allerdings rückt jetzt die material-ästhetische Beschaffenheit des Kinderbilderbuchs in den Blick. Mehr noch: Sie wird für die Erzählung genutzt. Klaus Müller-Wille hat bereits auf die spezifische Verwendung der material-ästhetischen Dimension des Mediums ‚Buch' in der Kinder- und Jugendliteratur hingewiesen, wobei er vor allem auf die daraus resultierenden Ambivalenzen abhebt.[43] Hier wird die Buchhaftigkeit zur Herstellung von Komik eingesetzt.[44]

---

in der Kinder- und Jugendliteratur, in: Schnittstellen der Kinder- und Jugendmedienforschung. Aktuelle Positionen und Perspektiven, hrsg. von Ute Dettmar, Caroline Roeder und Ingrid Tomkowiak, Stuttgart: Metzler, S. 11-26, hier S. 15.

42 Ich möchte telling und showing als Modi der Erzählung verstehen. Telling meint damit den Extrempol des narrativen Modus; showing verweist auf das ‚Zeigen' und wäre insofern eine Extremform des dramatischen Modus. Genette lehnt es bekanntlich ab, bei einer Erzählung von showing zu sprechen.

43 Vgl. Müller-Wille, Das Lesen neu erfinden [Anm. 41], S. 24.

44 Zum Begriff ‚Buchhaftigkeit' vgl. Thomas Boyken, 2020, Medialität des Erzählens. Die Wiederentdeckung des Buches im Roman, Göttingen: Wallstein.

Die Komik in *Das Neinhorn* resultiert größtenteils aus der Art und Weise der Darbietung. Während *Prinzessin Popelkopf* die Protagonistin mittels grotesker Körperlichkeit lächerlich macht und damit das subversive Potenzial der Komik aktiviert, hebt *Das Neinhorn* das Außenseitertum der Hauptfigur positiv hervor. Insofern wird auch hier eine ‚Gegenkultur' entworfen, die sich vornehmlich durch die Ablehnung tradierter Strukturen auszeichnet. Es wird mit Erwartungen sowohl auf der Ebene des Dargebotenen als auch auf der Ebene der Darbietung gebrochen. Die Ablehnung des Erwarteten manifestiert sich ferner am Ende des Kinderbilderbuchs. Zum einen endet die Erzählung um das Neinhorn offen. Zum anderen konstatiert die Erzählinstanz die Morallosigkeit der vorliegenden Kindergeschichte. Freilich wird die fehlende Moral nur rhetorisch konstruiert. Denn wogegen sich die Erzählung wendet, ist evident: Sie richtet sich gegen traditionelle Gesellschaftsstrukturen und plädiert für das Außenseitertum, das erstrebenswert ist, selbst wenn es sich auf ein simples ‚Dagegen' gründet. Insofern besitzen *Das Neinhorn* und *Prinzessin Popelkopf* ein vergleichbares intentionales Profil. Beide Erzählungen zielen auf die Infragestellung des gesellschaftlichen *status quo*, wobei *Das Neinhorn* seine ‚Gegenideologie' positiv modelliert, während *Prinzessin Popelkopf* die Kritik an der herrschenden Klasse pointiert.

Beide Kinderbilderbücher aktivieren am Ende übrigens die Lesenden: In *Prinzessin Popelkopf* evoziert das karikierende Gemälde die eigenständige Übertragung des dargestellten Problems in die Gegenwart. Eine vergleichbare Ausweitung der Erzählung erfolgt auch im *Neinhorn*. Mittels Paronomasie werden diverse Tierbezeichnungen mit einer überraschenden Bedeutung aufgeladen. Als komische Miniaturen sollen das „Drohmedar", „das Reichhörnchen" oder „der Plappergei" Ausgangspunkte für eigene Erzählungen bilden. Wie geschickt Marc-Uwe Kling seinen Medienverbund um das Känguru organisiert, sieht man am Ende des Kinderbilderbuchs *Das Neinhorn*. Das letzte Wort dieses komischen Bestiariums hat nämlich „das Kängurune": „Jetzt haltet doch alle mal die Klappe!"

5. Fazit: Gesellschaftskritische Komik

Prinzessin Popelkopf, *Der Ostermann* und *Das Neinhorn* stehen nur bedingt in der Traditionslinie einer karnevalesken Lachkultur. Während sich *Prinzessin Popelkopf* noch recht bündig in die von Maria Lypp herausgearbeitete Linie einer kinderliterarischen Komik eingliedern lässt, nutzt *Das Neinhorn* andere Verfahrensweisen. Weil hier verstärkt mit Mitteln der Darbietungskomik operiert wird, die auf die schriftliche und mediale Verfasstheit der Erzählung als Buch abheben, wird die ästhetische Faktur betont. Insofern leuchtet es ein, dass die Erzählinstanz am Ende der Erzählung die pädagogische Norm zugunsten einer ästhetischen Norm verabschiedet. Es dürfte aber deutlich geworden sein, dass es sich nur um eine rhetorische Absage handelt. Denn auch *Das Neinhorn* verfolgt einen gesellschaftskritischen Impetus, indem es eine positiv apostrophierte ‚Gegenideologie' darstellt. Insofern handelt es sich bei den Kinderbilderbüchern von Kling und Henn sicherlich um Texte, die sich sowohl an kindliche als auch an erwachsene Leser und Leserinnen richten. Gerade die eindeutig gesellschaftskritische Positionierung der Texte erzeugt allerdings ein Spannungsverhältnis zur pädagogischen Norm, die an Kinderbücher oftmals angelegt wird. Dies führt dazu, dass einige erwachsene Leser und Leserinnen die Bücher als nicht kindgerecht ablehnen, eben weil sie am Ende zu einer gesellschaftskritischen und politischen Lesart führen.[45]

Gleichwohl sind *Das Neinhorn* oder *Prinzessin Popelkopf* gute Beispiele, um im Deutschunterricht die Funktionsweisen von Komik herauszuarbeiten. Einerseits kann so die Darstellungskomik und die karnevaleske Komik im Sinne Bachtins gezeigt werden (*Prinzessin Popelkopf*). Andererseits bieten die Texte auch Zugänge an, um die Funktionsweisen der Darbietungskomik, insbesondere der Sprachkomik, herauszustellen (*Das Neinhorn*). Aufgrund der plakativen Darstellung lassen sich diese Komikformen von Schülern und Schülerinnen wohl vergleichsweise leicht wahrnehmen und bieten somit einen Anlass, die Textstrukturen und die Text-Bild-Wechselwirkung zu reflektieren.

Das intentionale Profil ist bei allen Kinderbilderbüchern von Kling und Henn ähnlich: Auch wenn sich diese Kinderbilderbücher betont spielerisch und unpolitisch geben, bieten sie doch eine ‚Gegenkultur‘, die über Strategien des Verlachens (*Prinzessin Popelkopf*) und über Sprachkomik (*Das Neinhorn*) hergestellt wird. Hier wird keine Komik um ihrer selbst willen geboten – sie bleibt aber auch nicht bei ihrer Entlastungsfunktion stehen. Vielmehr wird das subversive Potenzial der Komik aktiviert. Insofern zielen die Kinderbilderbücher von Kling und Henn auf ein gesellschaftskritisches Erkenntnispotenzial, das schon 1967 Peter Rühmkorf in seiner Anthologie aus dem *literarischen Untergrund* in den Blick genommen hat: Rühmkorf sucht nach einer originären, unverstellten Kinderdichtung, die sich auf den Schulhöfen und in *peer groups* als quasi-orale Literatur bewahre. Mit diesen Kinderversen sucht Rühmkorf nach den sozialen Funktionsweisen einer antibürgerlichen und ideologiekritischen ‚Umgangspoesie‘. Ausgangspunkt ist die Ablehnung der Vorstellung einer Kinderliteratur als „entideologisierte[] Zone“.[46] Rühmkorf wird nicht müde zu betonen, dass die Kinderliteratur, die in Anthologien gesammelt wird, durchtränkt sei von Ideologie. ‚Auf der Straße‘ werde hingegen eine Gegen-Ideologie realisiert, die keine „Vorschule der Ästhetik“, sondern „ein Exerzitium der praktischen Kritik“ darstelle.[47] Gegen eine romantisierende Verklärung der Volks- und Kinderliteratur stellt Rühmkorf das ‚Ernst-Nehmen‘ der komischen Strukturen als Subversionstechnik. Kinderliteratur als Volksliteratur realisiere damit eine ‚Gegen-Ideologie‘ – diese These vertritt Rühmkorf zwanzig Jahre vor der deutschen Übersetzung von Bachtins *Rabelais und seine Welt*. Seine These war im Horizont der 68er-Bewegung durchaus anschlussfä-

45 Anschauliche Beispiele für diese Ablehnung bietet der Internetversandhandel Amazon, wo sich diverse Kommentare finden, die insbesondere die politische Positionierung der Kinderbücher als nicht kindgerecht ablehnen.

46 Rühmkorf, Über das Volksvermögen [Anm. 5], S. 17.

47 Ebd., S. 69.

hig; heute erweist sie sich aber selbst als ideologisch. Es wäre gewiss lohnenswert, im Deutschunterricht nicht nur die Funktionsweisen von Komik herauszuarbeiten, sondern auch die implizite gesellschaftskritische Dimension. Wie schon Tobias Stark am Beispiel der *Känguru*-Reihe gezeigt hat, bietet sich die Thematisierung wohl am ehesten in der Sekundarstufe I an.[48] Bei *Prinzessin Popelkopf* ließe die Genrebezeichnung (‚Märchen‘) Reflexionen über Konventionen der Gattungsbildung und der Textsortenspezifik zu. Literaturgeschichtlich kann so auch eine Verbindung zur antiideologischen Nachkriegsliteratur gezogen werden. In dieser Linie stehen auch die Kinderbilderbücher von Kling und Henn. Sie bieten im Sinne von Rühmkorf ein ‚neues Exerzitium praktischer Kritik‘. Frei von Moral und Ideologie sind sie deswegen nicht. Denn gerade in der ostentativen Zurückweisung der pädagogischen Norm realisiert sich eine andere „bätakogische“ Norm.

48 Vgl. Tobias Stark, 2016, Metafiktionalität in Marc-Uwe Klings „Die Känguru-Chroniken“ – Didaktische Potenziale für den Literaturunterricht in der Sekundarstufe I, in: Neue Formen des Poetischen. Didaktische Potenziale von Gegenwartsliteratur, hrsg. von Irene Pieper und dems., Frankfurt a.M.: Peter Lang, S. 35-52.

Komik inklusiv(e)

Tobias Steinfelds Förderschulroman *Scheiße bauen: sehr gut* (2018) als komikgestützte Anleitung zu einer inklusiven Haltung

Von Ines Heiser

Die Frage, ob und wie marginalisierte Gruppen Gegenstand von Comedy und Satire sein dürfen, ob und auf welche Weise dabei Stereotype zum Einsatz kommen sollen und wer ggf. berechtigt ist, solche Witze zu machen, wird in den letzten Jahren im deutschen Kulturbetrieb kontrovers diskutiert. Im Zentrum der aktuellen Debatten stand dabei zuletzt etwa die österreichische Kabarettistin Lisa Eckhart, um deren angekündigte Teilnahme an einem Hamburger Literaturfestival eine heftige mediale Debatte entbrannte, nachdem aufgrund eines ihrer Fernsehauftritte Antisemitismusvorwürfe gegen sie erhoben worden waren.[1] Zeitgleich entwickelte sich, angeregt wohl u.a. durch die Black Lives Matter-Bewegung in den USA, eine ruhiger geführte Diskussion verschiedener renommierter Comedians über rassistische Tendenzen in der Comedy. Dabei distanzierten sich sowohl Anke Engelke[2] als auch Kaya Yanar und Bernhard Hoëcker[3] von eigenen früheren Arbeiten, die Zugehörigkeit zu bestimmten Ethnien komisieren.

Im Kern dreht sich der die letzten Jahre durchziehende Streit darum, ob – bzw. in welchem Maße – Komik politisch korrekt zu sein habe. Stark verkürzt lassen sich dabei zwei wesentliche Positionen erkennen: Die eine argumentiert, dass Komik keinesfalls als Machtgeste missbraucht werden dürfe und Witze auf Kosten Schwächerer daher konsequent zu vermeiden seien.[4] Die andere beruft sich darauf, dass Komik an sich destruktiv und respektlos sein müsse, weil das ihrer Funktionsweise inhärent sei. So stellt bereits 2017 das Humorkolumnen-Kollektiv „Hans Mentz" der Satirezeitschrift *Titanic* im Interview mit dem *SPIEGEL* fest: „[…] natürlich muss der Komi-

1 Vgl. zusammenfassend: Vorwürfe und ihre Folgen: Der Fall Lisa Eckhart, NDR, online: https://www.ndr.de/kultur/kulturdebatte/Cancel-Culture-Der-Fall-der-Kabarettistin-Lisa-Eckhart,cancelculture104.html (02.10.2020).

2 Claudia Fromme und Katharina Riehl, 2020, Anke Engelke im Interview. „Ich habe mich nie über jemanden lustig gemacht", Süddeutsche Zeitung vom 13.09.2020, online: https://www.sueddeutsche.de/leben/anke-engelke-interview-1.5027717?reduced=true (02.10.2020).

3 Vgl. dazu die Sendung: Warum Comedy-Helden jetzt gelöscht werden sollen. Walulis Woche, 27.09.2020, SWR Fernsehen, online: https://www.ardmediathek.de/-swr/video/walulis-woche/warum-comedy-helden-jetzt-geloescht-werden-sollen/swr-fernsehen/Y3JpZDovL3N3ci5kZS9hZXgvbzEzMDc5OTM/ (02.10.2020).

4 Komiksystematisch vertreten diese Kritiker und Kritikerinnen eine Überlegenheitstheorie des Komischen, vgl. Tom Kindt, 2016, Komik, in: Komik. Ein interdisziplinäres Handbuch, hrsg. von Uwe Wirth, Stuttgart: Metzler, S. 2-6, S. 3.

ker verkürzen und Stereotypen nutzen, denn so funktionieren Witze: je schneller, desto heller. Es ist unmöglich, in einem Einzeiler die Rolle der Frau, die Rolle des Migranten, des Juden oder des Behinderten durchzudeklinieren. Man muss das einfach abfackeln."[5]

In der Kinder- und Jugendliteraturkritik, in der diese Diskussion bisher – anders als die um eine allgemeine Präsenz von rassistischen Inhalten – noch nicht intensiver aufgenommen wurde, tritt als zusätzliche Perspektive auf dieses komplexe Thema das Alter der intendierten jungen Leser und Leserinnen hinzu: Mit einer Adressierung an Lesende mit einer geringeren Lebenserfahrung geht nicht selten ein pädagogischer Impetus einher, bei dem im Vollzug der Lektüre mindestens beiläufig auch situationsangemessenes, wenn nicht ethisch-moralisch ‚gutes' Verhalten erlernt werden soll. In diesen Kontext gehört selbstverständlich auch eine humorbezogene Sozialisation, d.h. ein Erfahrungslernen, in dessen Rahmen die Heranwachsenden die Kompetenz erwerben, einzuschätzen, unter welchen Bedingungen eine Situation als komisch gelesen werden darf, unter welchen Bedingungen es als angemessen wahrgenommen wird, wenn sie selbst Situationen komisieren und welche Mittel der Komisierung als akzeptiert gelten.

Darf ‚man', bzw. dürfen also Kinder und Jugendliche über ernste Themen lachen – und wie geht das, ohne sich herabwürdigend gegenüber Betroffenen zu verhalten? Eine Systematik, die Steinlein im Anschluss an Preisendanz entwickelt,[6] eignet sich gut, um das Kernproblem zu erfassen. Steinlein zufolge kann Komik in Texten auf dreierlei Arten zustande kommen: Entweder es wird ein an sich lächerlicher Sachverhalt dargestellt, ein an sich nicht komischer Sachverhalt wird durch die Art seiner Darstellung komisiert oder es liegt eine Kombination beider Varianten vor, d.h. dass der Grad an Komik, der einem Sachverhalt bereits als solchem eingeschrieben ist, durch die Darstellung zusätzlich gesteigert wird. Die oben zitierten Beispiele aus dem Bereich der Comedy bzw. der Satire für Erwachsene ziehen Kritik auf sich, weil sie in die zweite Kategorie fallen: Die Texte kreisen um Themen, die – insbesondere aus der Perspektive der Betroffenen heraus – keineswegs als komisch einzustufen sind.

Da die Komik in dieser Situation ausschließlich auf die Darstellungsform zurückgeht,[7] ist in solchen Fällen ausgehend vom übrigen Kontext kritisch zu prüfen, mit welcher Intention bzw. mit welchen Auswirkungen die Verschiebung des Sujets

5 Manfred Dworschak, 2017, „Wenn der Witz gut ist, muss es raus". Die Deutschen und die Komik. Können die Deutschen witzig sein – und was ist das Erfolgsgeheimnis von Mario Barth? Ein Interview mit Hans Mentz, dem Humorkritiker der „Titanic", in: SPIEGEL Kultur vom 3.8.2017, online: https://www.spiegel.de/spiegel/die-deutschen-und-der-witz-komik-ist-immer-destruktiv-a-1160709.html (02.10.2020).

6 Rüdiger Steinlein, 1992, Kinderliteratur und Lachkultur. Literaturhistorische und theoretische Anmerkungen zu Komik und Lachen im Kinderbuch, in: Komik im Kinderbuch. Erscheinungsformen des Komischen in der Kinder- und Jugendliteratur, hrsg. von Hans-Heino Ewers, Weinheim, München: Juventa, S. 11-32, S. 25f.

7 Steinlein (ebd.) verwendet dafür den Begriff der Komisierung *durch* Narration, im Gegensatz zu einer Komisierung *der* Narration.

in die Sphäre des Komischen verbunden ist. In einem Entwurf zur Political Correctness in der Witzkultur schlägt Schiewe vor, „guten Geschmack" bezogen auf humoristische Äußerungen daran zu messen, ob jemand „in seinen sprachlichen Handlungen [demokratische] Werte achtet, also die Würde eines Menschen nicht verletzt und niemanden benachteiligt oder aufgrund der [im Antidiskriminierungsparagraphen des Grundgesetzes] genannten Eigenschaften und Anschauungen diskriminiert".[8] Um dies zu gewährleisten, stellt Schiewe für humoristische Äußerungen schließlich drei Maximen auf:

> 1. Sei dir bewusst, dass Bezeichnungen und Ansichten, die du in Witzen verwendest und ausdrückst, andere Menschen beleidigen und diskriminieren könnten (Ebene des Inhalts der Witze). 2. Sei dir bewusst, dass die Zuhörer deiner Witze diese Bezeichnungen und Ansichten nicht teilen könnten und deshalb über deinen Witz auch nicht lachen werden (Ebene des Publikums).[9] 3. Sei dir bewusst, dass dein Witz nicht zu der Stimmung passen könnte, in der sich die Menschen, denen du ihn erzählst, befinden (Ebene der Situation).[10]

Diese Maximen, von Schiewe für mündlich vorgetragene Witze vorgeschlagen, lassen sich ohne größere Schwierigkeiten auch auf literarische, also zeitlich zerdehnte Kommunikation adaptieren; der zentrale Unterschied besteht hier darin, dass ein Autor bzw. eine Autorin das Lesepublikum i.d.R. weniger gut kennt und es weniger genau einschätzen kann als eine Person, die im vertrauten Rahmen einen Witz erzählt. Unter einer „Situation" nach Maxime 3 soll im Folgenden die narrative Konstruktion des Romans als Kontext verstanden werden, da es in umfangreichen epischen Texten im Gegensatz zum kurzen Witz durchaus möglich ist, humoristische Äußerungen in einen größeren Rahmen einzubetten und sie so einzuordnen bzw. zu differenzieren.

1. Komik als inklusive Strategie – Steinfelds *Scheiße bauen: Sehr gut*

Dass bei einer Beachtung der von Schiewe formulierten Grundsätze Komik durchaus in der Auseinandersetzung mit marginalisierten Gruppen angewendet werden und geeignet sein kann, um zu informieren, aufzuklären und für mehr Verständigung und Toleranz zwischen verschiedenen Gesellschaftsgruppen zu sorgen, zeigt etwa der Debutroman des Dramatikers und Jugendbuchautors Tobias Steinfeld: *Scheiße bauen: sehr gut*[11]. Der Roman erschien 2018, das Manuskript wurde mit dem Mannheimer

---

8 Jürgen Schiewe, 2013, Grenzen des „guten Geschmacks"? Political Correctness in der Witzkultur, in: Der Deutschunterricht 4, S. 48-55, S. 50.

9 Diese Maxime ist ungünstig formuliert – auch wenn der Gesamtzusammenhang des Aufsatzes eindeutig nichtdiskriminierendes Verhalten verlangt, wäre es dieser Maxime entsprechend nicht zu beanstanden, wenn jemand z.B. ableistische oder rassistische Witze in einer Gruppe macht, die entsprechende Einstellungen hat.

10 Schiewe, Grenzen des „guten Geschmacks" [Anm. 8], S. 55.

11 Tobias Steinfeld, 2018, Scheiße bauen: sehr gut, Stuttgart: Thienemann. Der Roman wird im Weiteren nach dieser Ausgabe mit Angabe von Seitenzahlen im Text zitiert.

Feuergriffel-Preis ausgezeichnet.[12] Es erhielt daneben 2016 eine lobende Erwähnung für den Sonderpreis des Kinder- und Jugendliteraturpreises des Landes Steiermark zum Thema „Anders sein – anders schreiben – anders lesen“[13] und befand sich im gleichen Jahr auf der Auswahlliste zum letztendlich nicht vergebenen Oldenburger Kinder- und Jugendbuchpreis[14].

Mit viel Sinn für Situationskomik erzählt Steinfeld eine gerade nicht klassische Verwechslungsgeschichte. Der wenig ambitionierte 14-jährige Gymnasialschüler Paul versäumt es, sich rechtzeitig um einen Praktikumsplatz zu bewerben, daraufhin wird ihm eine Praktikantenstelle an einer Förderschule zugewiesen. Dort hält man ihn jedoch für einen neuen Schüler, der am gleichen Tag aufgenommen werden soll. Paul nutzt die Gelegenheit, als „Per“ die befürchteten Anstrengungen und Unannehmlichkeiten eines Praktikums umgehen zu können. Er versucht, sich im neuen Schulalltag an der Röhrbachschule unauffällig zurechtzufinden und freundet sich mit seinem türkischen Mitschüler Fatih an. Nach einiger Zeit fliegt der Schwindel jedoch auf und Paul kehrt an seine eigene Schule zurück; das eher offen gestaltete Ende deutet darauf hin, dass es ihm gelingen wird, die Freundschaft zu Fatih aufrecht zu erhalten.

Dass sich Steinfeld wie von Schiewe eingefordert um eine respektvolle, diskriminierungsfreie Grundhaltung bemüht, geht schon aus der Widmung „Für alle“ (S. 4) hervor. Die zentral angesprochene Problematik bilden im Roman ableistische, d.h. behindertenfeindliche Haltungen. Dabei reflektiert Steinfeld ergänzend durchaus, dass häufig mehrere Faktoren gemeinsam zu Benachteiligung beitragen; mindestens implizit liegt im Roman also ein intersektionaler Ansatz vor. So erklärt Fatih in einer Diskussion mit Paul über die Gleichwertigkeit verschiedener Schulformen, auch an Förderschulen gebe es deutliche Unterschiede: „Stell dir vor: Alicia-Dings Eltern schreiben Brief. Tochter soll Gymnasium. Dann kommt Brief zurück. Klappt. Die bauen Fahrstuhl in Gymnasium. Dann kommt Bürgermeister, Zeitung, Foto. Alle glücklich. […] Pass auf. Jetzt stell dir vor: Ich komm Gymnasium.“ (S. 220) Bei dieser Vorstellung beginnt Paul spontan zu lachen, worauf Fatih, da er damit gerechnet hat, nur mit einem „Siehste? Nix Bürgermeister. Nix Zeitung. Nix Foto“ (ebd.) reagiert. Fatih ist durchaus bewusst, dass er außer derselben Schulform nicht viel mit seiner Mitschülerin gemeinsam hat. Alicia-Sophie stammt aus einem bildungsnahen Elternhaus, ihre Eltern, die keinen Migrationshintergrund haben, kümmern sich engagiert um die Tochter, die im Rollstuhl sitzt, aber darüber hinaus eine Mehrfachbehinderung hat, so dass sie zusätzlich von einer Inklusionshelferin begleitet wird. Fatih dagegen ist ausgesprochen clever und lebenspraktisch kompetent, seine migrantischen Eltern leben allerdings in einem sozial schwachen, bildungsfernen Kontext

12 Vgl. hierzu: https://www.mannheim.de/de/bildung-staerken/stadtbibliothek/aktuell/feuer griffel (02.10.2020).

13 Vgl. https://www.jugendreferat.steiermark.at/cms/beitrag/12545763/598018/; Auszeichnung noch unter dem Arbeitstitel „Im Himmel gibt es Sucuk, soviel du willst“ (02.10. 2020).

14 Vgl. https://www.boersenblatt.net/archiv/1243757.html (02.10.2020).

und können ihn deswegen kaum unterstützen. Fatih hat wirklich Schwierigkeiten beim Lesen,[15] wurde aber hauptsächlich aufgrund seines aggressiv-auffälligen Sozialverhaltens auf die Förderschule geschickt. Obwohl also bei Alicia-Sophie ausgehend von ihren sonstigen persönlichen Voraussetzungen ein qualifizierter Schulabschluss nur schwer vorstellbar ist, könnte sie theoretisch aufgrund ihrer passenden Milieuzugehörigkeit[16] tatsächlich als Inklusionsfall an ein Gymnasium aufgenommen werden, während umgekehrt Fatih, bei dem die kognitiven Fähigkeiten mindestens einen Hauptschulabschluss zulassen würden, aufgrund seines Herkunftsmilieus im Rahmen einer Disziplinarmaßnahme[17] an die Förderschule verwiesen wurde. Eine aufklärerisch-informatorische Perspektive findet sich insofern schon in der Konstruktion des Figurengeflechts, genauso wie in der Grundkonstellation: Bereits die Tatsache, dass Paul spontan und ohne großen schauspielerischen Aufwand unerkannt die Identität eines behinderten Schülers annehmen kann, zeigt, dass die Abgrenzung zwischen beiden Gruppen kaum präzise möglich ist, wie Paul selbst auch mehrfach expliziert reflektiert, z.B.:

> Vielleicht bin ich ja in Wirklichkeit auch behindert. Woher weiß ich das? Wissen die Behinderten überhaupt, dass sie behindert sind? […] was denkt Freddy? Weiß der, dass der anders ist? Oder denkt der, er ist völlig normal? […] Da, wo man selber ist, ist das normale Leben und anderswo ist das Leben nicht normal. Ich frage mich, was das überhaupt bedeuten soll? Normal. […] Normal ist es sicher nicht, so zu tun, als ob man behindert ist. Bedeutet das jetzt, dass ich behindert bin? Oder ist es behindert, zwischen normal und behindert zu unterscheiden? Oder normal. Aber wenn normal behindert ist… Keine Ahnung. (S. 66f.)

Während das konsequent verfolgte Grundanliegen Steinfelds insofern darin besteht, für mehr Toleranz zwischen Behinderten und Nichtbehinderten zu sorgen und für Nichtbetroffene differenzierende Einsichten in den Alltag Behinderter zu ermöglichen,[18] ist die Darstellungsebene ebenso konsequent von komisch-humoristischen Elementen durchzogen. In einem gewissen Rahmen kann man hier von einem literarischen Trend sprechen: Es liegen aus der jüngeren Vergangenheit mehrere promi-

15 Besonders deutlich wird dies im Roman, als herauskommt, dass Fatihs Zerwürfnis mit seinem Schwarm Elly auf ein Missverständnis in Form eines simplen Lesefehlers zurückgeht: Fatih hatte Elly aus Eifersucht per Textnachricht nach der Identität eines jungen Mannes gefragt, ihre Antwort „Schwager" hatte er als „schwanger" missdeutet und daraus abgeleitet, dass es sich um ihren neuen Freund handele, von dem sie bereits ein Kind erwarte, vgl. S. 238.

16 Möglicherweise auch, weil sie ein Mädchen ist und ihre Einschränkungen andere kaum betreffen.

17 Fatih berichtet, er habe an seiner Hauptschule eine „Lehrerin mit Nussjoghurt abgeschossen. Vom Löffel. Katapult, weißte?", S. 145.

18 Ein Expertenstatus Steinfelds wird hier in Klappentext, Verlagsinformationen und ähnlichen Kontexten jeweils über ein autobiografisches Element postuliert: Steinfeld sei während seines Studiums als Inklusionshelfer an einer Förderschule tätig gewesen, vgl. z.B. S. 2/Innenspiegel (o.P.).

nente, auch preisgekrönte Texte vor, die behinderungsbezogene Themen zwar mit ernsthafter Intention, aber gleichzeitig unter einer komikorientierten Perspektive aufgreifen. Im Bereich der Kinder- und Jugendliteratur wäre hier auf Andreas Steinhöfels enorm erfolgreiche *Rico und Oskar*-Reihe zu verweisen[19] oder auf Marie-Aude Murails Jugendroman *Simpel*[20], für den Erwachsenenbereich exemplarisch auf den Film *Ziemlich beste Freunde* der Regisseure Olivier Nakache und Éric Toledano[21].

Im Folgenden soll an ausgewählten Beispielen das Komik-Profil von Steinfelds *Scheiße bauen: sehr gut* skizziert werden, um anschließend zusammenfassend eine Beschreibung der Funktion für die Gesamtaussage herzuleiten.

2. Steinfelds Komik-Profil: aufklärend-respektvoll komisieren

Körperkomik

Geht man davon aus, dass sich komische Elemente nach drei wesentlichen Kategorien differenzieren lassen, der Körperkomik, der dialogischen bzw. Sprachkomik und der situativen Komik, so ist festzustellen, dass Körperkomik als Kategorie, die man zunächst in einem Roman über Personen mit Behinderung als besonders ergiebig einschätzen könnte, von Steinfeld nur zurückhaltend genutzt wird und zwar eher am Beginn des Romans, z.B. wenn Paul seinen neuen Mitschüler Ibrahim beschreibt:

> Playmobilfiguren haben meistens einen schwarzen Haarhelm auf dem Kopf. Ibrahim würde eine Eins-a-Playmobilfigur abgeben. Abgesehen von den rechtlichen Problemen. Die könnte es vielleicht geben, wenn eine Playmobilfigur einen Spongebob-Schlafanzug trägt. Außerdem wäre es schwierig, einer Plastikfigur einen solchen Wackelmechanismus in die Augen zu bauen. Und wenn die eine Brille mit so dicken Gläsern wie Ibrahim aufhätte, würde sie ständig nach vorne kippen. (S. 19)

Die Schilderung des als grotesk empfundenen Äußeren des Mitschülers drückt in dieser Situation in erster Linie Distanz und ein Fremdheitsgefühl des erlebenden Ichs aus. Darin schwingt eine gewisse Angst mit, da Paul bereits in der ersten Kennenlernrunde von Fatih vor Ibrahim gewarnt wurde: „Der kann dich kaputt schlagen. Du darfst den nich anschreien und nich festhalten, dann is der korrekt." (S. 19) Der Vergleich mit einer – zudem fehlkonstruierten – Spielzeugfigur hat für das Erzähler-Ich insofern eine Entlastungsfunktion, da es den ansonsten als besonders groß und kräftig beschriebenen Ibrahim harmloser erscheinen lässt. Andere Möglichkeiten, sich vor

19 Nach dem ersten Band, Andreas Steinhöfel, 2008, Rico, Oskar und die Tieferschatten, Hamburg: Carlsen, erschienen inzwischen vier Folgebände; die ersten drei Romane wurden unter der Regie von Neele Leana Vollmer und Wolfgang Gross auch verfilmt.

20 Marie-Aude Murail, 2009, Simpel, Frankfurt a.M.: Fischer Kinder- und Jugendtaschenbuch [franz. Original 2004].

21 Olivier Nakache und Éric Toledano, 2011, Ziemlich beste Freunde (Intouchables), Frankreich. Auf diesen Filmtitel spielt bei Steinfeld auch die wortgleiche Überschrift von Kapitel 49 an, S. 190.

der imaginierten Bedrohung zu schützen, stehen Paul zu diesem Zeitpunkt nicht zur Verfügung, da er noch keine Gelegenheit hatte, Ibrahim näher kennenzulernen. Im Verlauf der folgenden Szene dreht sich die Situation jedoch. Paul stellt fest, dass Ibrahim „ganz normal Deutsch spricht“ (S. 20) und dieser bittet ihn wegen seiner motorischen Einschränkungen um Hilfe beim gemeinsamen Frühstück. Es wird deutlich, dass Ibrahim viel daran liegt – mindestens religiöse – Regeln einzuhalten, weil er sich intensiv danach erkundigt, ob die angebotene Erdbeermarmelade „moslem“ (S. 21f.), d.h. halal, sei. Am Ende zieht Paul das Fazit: „Ich schmiere Ibrahim ein Marmeladenbrot. Das kann sicher nicht schaden. Vielleicht wird er sich daran erinnern, wenn er mich gerade kaputt schlagen will, und lässt es dann bleiben.“ (ebd.) Im Austausch mit Ibrahim eröffnet sich für Paul also eine Kooperationsgelegenheit und er erkennt, dass sie beide wider Erwarten eine Gemeinsamkeit haben – sie sind die einzigen, die kein eigenes Frühstück mitgebracht haben. Ibrahims ungewöhnliches Äußeres steht also in Kontrast zu seinem unspektakulären Verhalten. Auf der Ebene der Kommunikation mit den Leserinnen und Lesern des Romans wird durch die Gegenüberstellung der ersten, grotesken Schilderung mit der anschließenden gemeinsamen Frühstücksszene eine Reflexion darüber angestoßen, dass erste äußere Eindrücke täuschen können, und es wird die Erkenntnis angebahnt, dass Kommunikation Ängste abbauen kann. Um diesen Effekt zu erzielen, ist eingangs allerdings eine Übersteigerung der Fremdartigkeit mindestens nützlich, wenn nicht bis zu einem gewissen Grad sogar notwendig. Je länger sich Paul an der Röhrbach-Förderschule aufhält, umso seltener werden solche grotesken Beschreibungen in dem Maße, in dem seine Vertrautheit mit Schule, Mitschülerinnen und Mitschülern zunimmt. Dass viele von ihnen nicht normativen Schönheitsstandards entsprechen, bleibt Paul zwar bewusst, allerdings wird diese Tatsache später eher als Variation innerhalb eines Spektrums eingeordnet und nicht mehr als eigene, fremde Kategorie. So stellt Paul etwa einmal in der Umkleide vor dem Sportunterricht bezogen auf Ibrahim fest. „So viele Schamhaare hab ich erst einmal gesehen. Das war in einem von Papas Filmen, die er in seinem Nachtschrank liegen hat. Der Film ist mindestens 50 Jahre alt. Da haben selbst die Frauen Achselhaare und die Männer riesige Brillen auf.“ (S. 82) Hier wird zwar deutlich, dass Paul Ibrahims Äußeres immer noch für kommentierungswürdig erachtet, allerdings nutzt er als Vergleichsebene allgemein „nackte Menschen“, die sich eben hauptsächlich durch den Grad ihrer Körperbehaarung unterscheiden. Ibrahim gehört hier zu einem Extrem, für das Paul weitere Beispiele anführen kann; damit wird der Mitschüler anders als zuvor unhinterfragt als ansonsten „normale“ Person betrachtet.

Zusammenfassend kann man in Bezug auf den Bereich Körperkomik feststellen, dass gerade dieser in einem behinderungsbezogenen Kontext das Potenzial besitzt, die Dargestellten zu verletzen bzw. zu diskriminieren. Die wenigen von Steinfeld eingesetzten Elemente drücken hier v.a. das anfängliche Befremden des Protagonisten Paul über sein neues Umfeld aus und sie werden als Bezugspunkt gesetzt, um spätere differenzierende Sichtweisen als Ergebnis einer Entwicklung des erlebenden Ichs präsentieren zu können.

Sprachkomik

Sehr viel intensiver als Körperkomik nutzt Steinfeld Sprachkomik. Hier spielt etwa – wie in der oben bereits zitierten Reflexionspassage – das Wort ‚behindert' eine große Rolle, dessen unterschiedliche Bedeutungen gegeneinander abgewogen und die spielerisch untereinander ausgetauscht werden. Während zum einen der Begriff teilweise so häufig wiederholt wird, dass er zu einer Art *running gag* mutiert, sorgt zum anderen der ständige Austausch des Konnotats dafür, dass die Begriffsbedeutung zunehmend fluide wird und man sich schließlich – wie wohl angestrebt – bei der Lektüre fragt, was dieses Wort eigentlich bedeuten kann bzw. soll. Unterstützt wird dieser Effekt auch dadurch, dass Fatih, wie im jugendsprachlichen Jargon gängig, „behindert" regelmäßig als Beleidigung verwendet.[22] Dabei praktiziert Fatih gerade nicht – wie ja durchaus vorstellbar wäre – ein bewusstes *reclaiming*, bei dem beleidigende Begriffe als Selbstbezeichnung benutzt werden, um dadurch zu provozieren und andere mit Marginalisierung zu konfrontieren, sondern er agiert wie seine übrigen *peers*, was erneut die Frage danach aufwirft, welche Konsequenzen eine solche Zuschreibung überhaupt haben kann, wenn sie auch von Subjekten, auf die sich ihr Anwendungsbereich erstrecken könnte, in dieser Weise benutzt wird.

Daneben finden sich viele Situationen, in denen Zuverlässigkeit und Sinnhaftigkeit von Sprache an sich auf den Prüfstand gestellt werden. So etwa in einem Gespräch zwischen Ibrahim und der Inklusionshelferin Birgit, die zuvor das Wort ‚Buschfunk' verwendet hatte: „‚Was ist Buschfunk?', fragt Ibrahim. ‚Buschfunk ist ein anderes Wort für Klatsch', sagt Birgit. Ibrahim klatscht in die Hände. Ein paarmal. ‚Ist das Buschfunk?' Birgit lacht." (S. 35) Die komische Wirkung entsteht, weil Birgit zwar als kompetente Sprecherin ein richtiges Synonym für ‚Buschfunk' anbietet, dabei allerdings außer Acht lässt, dass es sich bei dem Erklärungsangebot um ein Homonym, also ein Wort mit mehreren Bedeutungen, handelt. Um das Hilfsangebot nutzen zu können, müsste Ibrahim daher die nachgefragte Wortbedeutung bereits kennen. Da dies nicht der Fall ist, entscheidet er sich zielsicher für das Konnotat, das nicht synonym zu ‚Buschfunk' verwendet werden kann, so dass eine sinnlose Erklärung entsteht. Eine entsprechende Unfähigkeit, passende Hilfsangebote zu entwickeln, zeigt sich auch in einer wenig später stattfindenden Auseinandersetzung zwischen dem Hausmeister und Paul/Per. Der Hausmeister fühlt sich veralbert und droht, „andere Saiten auf[zu]ziehen" (S. 36). Von Birgit aufgefordert, Paul gegenüber leichte Sprache zu verwenden, erwidert er: „Das ist so ein Spruch. Ich hätte auch sagen können: Dann zeige ich dir, wo der Hase langläuft." (ebd.) Wie im ersten Beispiel scheitert ein Erklärungsversuch daran, dass eine unbekannte Formulierung durch eine genauso unverständliche Erklärung ersetzt wird. In einer weiteren Szene wird deutlich, dass sprachbezogene Unterstützungsangebote nicht nur wirkungslos bleiben, sondern teils Probleme erst entstehen lassen: Als Paul die Lehrerin Christine kennenlernt, lobt diese

22 Z.B. S. 8: „Der ist doch voll behindert, der Mädchen!"; S. 15, zu Paul, als dieser versucht, ihm unauffällig zuzuzwinkern: „Bist du behindert?", u.ä.

ihn für seinen schönen Vornamen, woraufhin Paul eine Erklärung des Namens wiederholt, die ihm an seinem ersten Tag an der Röhrbachschule ein anderer Lehrer gegeben hatte: „Der Name kommt aus dem Dänischen. Alter Kriegername. Bedeutet ‚Speerspitze'." (S. 77)[23] Christine reagiert darauf mit Spott und bietet eine alternative Erläuterung an: „‚Per ist die nordische Form von Peter – das kommt ursprünglich aus dem Griechischen und bedeutet Felsen.'" (ebd.) Dieser Streit um die Namensbedeutung ist an sich schon absurd, da das konkrete Konnotat in der gegebenen Situation die Person Paul ist, die in Wahrheit nicht einmal den Namen Per trägt. Er gipfelt darin, dass Paul/Per für die neue Bedeutungszuschreibung von seiner Klasse ausgelacht wird und Ibrahim ihn brutal vom Stuhl schlägt, da dieser mit abstrakten Bedeutungsebenen nichts anfangen kann und den Wahrheitsgehalt der ihm unsinnig erscheinenden Aussage überprüfen will: „‚Du hast gesagt, der ist ein Felsen. Und ich dachte, der ist hart wie ein Stein.'" (S. 78) Die an sich harmlose Situation eskaliert also, weil die nichtbehinderten Erwachsenen darauf bestehen, sie mit Worten zu organisieren, und die aus ihrer Sicht richtige Sprachverwendung durchsetzen wollen.

Das den Roman durchziehende Misstrauen gegenüber Sprache als Kommunikationsmittel wird in einem Gespräch zwischen Paul und Fatih auf den Punkt gebracht. Paul freut sich über einen gelungenen Streich, den sie dem unsympathischen Sportlehrer gespielt haben, mit der Bemerkung, sie seien gute Komplizen. Fatih lehnt diese Bezeichnung für sich jedoch ab und erklärt auf Pauls Rückfrage: „‚Sag ich dir: Komplize kommt von kompliziert. Ich bin nich kompliziert. Ich bin Kumpel. […] [Kumpel kommt] Von nix. Einfach Kumpel. Sachen zusammen durchziehen. Treffen. Machen. Fertig! Unkompliziert.'" (S. 213) Entsprechend ist eine kurz später folgende Szene zwischen Alicia-Sophie und Paul, bei der er sie unterstützt und sie gemeinsam für den Kunstunterricht Selbstbildnisse basteln, eine besonders harmonische, eben weil die beiden sich ohne Worte verstehen (vgl. S. 214ff.).

Zusammengefasst lässt sich feststellen, dass die sprachkomischen Passagen bei Steinfeld teils schlicht der Unterhaltung dienen, insgesamt aber auch hinterfragen, ob der Gebrauch von konventioneller Sprache – bei dem viele Behinderte tatsächlich Einschränkungen hinnehmen müssen – als ideales Kommunikationsmittel anzusehen ist. Im Roman zeigt sich nichtsprachliches Handeln letztlich als deutlich weniger hintergehbar als sprachliche Äußerungen, was darüber nachdenken lässt, ob Schwierigkeiten beim Gebrauch konventioneller Sprache als Nachteil für Behinderte gesehen werden müssen, oder ob es nicht umgekehrt hauptsächlich kritikwürdig ist, wenn konventionelle Sprache bewusst so eingesetzt wird, dass sie Behinderten gegenüber exklusive Effekte entwickelt.

23 Fast wortgleich belehrt der Lehrer seiner Nachbarklasse Paul am ersten Tag: „Der Name Per kommt aus dem Dänischen. Ein ganz alter Kriegername, der seinem Ursprung nach ‚Speerspitze' bedeutet", S. 7.

Situationskomik

Zentral für *Scheiße bauen: sehr gut* ist schließlich der Bereich der Situationskomik. Die Handlungs- und Figurenkonstellation bietet hier eine große Menge an dankbaren Ausgangspunkten, da der Bruch von Erwartungen und Gewissheiten leitmotivisch den gesamten Roman durchzieht. Paul – der als Spiegelfigur der intendierten jungen Leser und Leserinnen gesehen werden kann – glaubt, sich im schulischen Alltag kompetent bewegen zu können und geht zunächst von einer eigenen Überlegenheit in Bezug auf die an der Förderschule Lernenden aus. Es stellt sich allerdings heraus, dass in seinem neuen Umfeld häufig er derjenige ist, der dazulernen muss, und auf diesem Kontrast bauen viele der komischen Situationen auf. Steinfeld nutzt hier vielfach die Gelegenheit, erneut eine Gleichwertigkeit aller Personen im Sinne der Romanwidmung „Für alle" hervorzuheben. Daneben wird die komische Darbietung allerdings auch zur Entlastung eingesetzt, um schwer erträgliche Sachverhalte und Informationen kommensurabel erscheinen zu lassen. Exemplarisch zeigt dies eine Szene, die auch ein Slapstick-Element enthält: An seinem ersten Tag an der Röhrbachschule beobachtet Paul, wie seine Mitschüler und Mitschülerinnen nach Schulschluss von Fahrdiensten abgeholt werden. Ein Junge steigt in einen Kleinbus mit der Nummer 13 – damit ist implizit bereits ein bedrohlicher Akzent gesetzt. Zusätzlich fällt Paul das Aussehen des Fahrers auf, der eine Glatze trägt und eine Tätowierung, mit der Paul einen Nazi-Code assoziiert: „88 ist ein Code. Der achte Buchstabe im Alphabet ist ein H. Und zweimal H gleich HH. Und das steht für ‚Heil Hitler'." (S. 41) Eine gedankliche Rückblende erläutert, dass Paul dieses Wissen aus einer Ausstellung bezieht, die er einige Wochen zuvor mit seiner Schulklasse zum Thema ‚Behinderte und Kranke im Dritten Reich' besucht hat (vgl. S. 41f.). Steinfeld lässt nun den Protagonisten recht ausführlich eine Reihe der damals gängigen sog. Euthanasie-Maßnahmen erinnern, Paul zieht anschließend das Fazit: „Erst jetzt kann ich mir das [die Begeisterung der Behinderten, denen vor Abtransporten glaubhaft gemacht wurde, zu einem Ausflug gefahren zu werden] so richtig vorstellen, weil ich ja auch gerade von […] Menschen umgeben bin, die total begeistert ihrem Abtransport entgegensprinten oder -rollen oder -hinken. Und jetzt wird Bus 13 auch noch von einem Nazi gelenkt und keiner merkt das […]." (S. 41f.) Paul beschließt spontan, den Jungen, der eingestiegen ist, zu retten. Er entreißt einem weiteren Jungen dessen Fahrrad mit der Ankündigung, es später zurückzugeben, „flieg[t] aber sofort auf die Fresse" (S. 42), da das Fahrrad noch abgeschlossen ist. Jonas, ein Mitschüler aus Pauls Klasse, kommt hinzu, als Paul entsetzt dem abfahrenden Bus hinterherblickt. Er klärt Paul über die Identität des Busfahrers auf: „[Das ist] Manni, […] der Vater von Eva […] und der fährt Bus 13. […] [Tätowiert mit einer] 98 am Hals. Weil Evas Schwester 1998 geboren ist." (ebd.)

Die Szene dient zunächst der Charakterisierung des Protagonisten, der sich hier wie oft als etwas weltfremd und chaotisch, aber durchaus wohlmeinend präsentiert.[24] Die Slapstick-Einlage mit dem Fahrradsturz zeigt die Ernsthaftigkeit des Rettungsversuchs, da Paul dafür bereit wäre, eine Handlung durchzuführen, die ihm als Diebstahl ausgelegt werden kann. Sie löst zudem ganz pragmatisch das Problem, dass bei einer tatsächlich stattfindenden Verfolgungsjagd ein sinnvoller Abschluss dieses Handlungsstrangs schwierig wäre, ohne ihm sehr viel Raum zu geben. Offensichtlich liegt an dieser Stelle im Roman der Fokus allerdings nicht auf einem solchen Action-Element, sondern es soll der historische Kontext der Euthanasie-Verbrechen thematisiert werden. Die Vermischung mit dem verwirrt-tollpatschigen und gleichzeitig leicht hysterischen Verhalten des Protagonisten führt dazu, dass dieser Zusammenhang ohne belehrenden Ton in den Roman integriert werden kann. Die komödienhafte Auflösung bietet zudem die Möglichkeit, sich emotional von den zuvor präsentierten brutalen Fakten wieder zu distanzieren, ohne dass jedoch das Wissen um sie wieder verloren gehen muss.

3. Ein Fazit: Komik als integratives Medium

Zieht man abschließend ein Fazit dazu, auf welche Weise und mit welcher Wirkung Steinfeld in *Scheiße bauen: sehr gut* den Alltag auf einer Förderschule komisiert, so kann man ihm in der Tat „guten Geschmack" nach Schiewe attestieren: Es werden zwar durchaus Witze über Behinderte gemacht, komisiert werden aber mindestens in gleichem Umfang auch Lehrer und Lehrerinnen sowie anderes pädagogisches Personal oder der Hausmeister und nicht zuletzt in besonders großem Umfang Paul als Hauptfigur. Die komisierende Darstellung zielt zudem gerade nicht darauf ab, Behinderte lächerlich zu machen, sondern sie baut Motivation auf, sich überhaupt mit dem Thema zu beschäftigen und dient an vielen Stellen dazu, einen Perspektivenwechsel anzustoßen. Mit dieser Technik trägt Steinfeld zu einer Normalisierung und Entdramatisierung im Verhältnis zwischen Behinderten und Nichtbehinderten bei. Übereinstimmend vertrat in einem Interview mit dem *Focus* 2015 Ilja Seifert, der Vorsitzende des Allgemeinen Behindertenverbandes in Deutschland, anlässlich einer Diskussion um einen kontroversen Auftritt des Comedians Chris Tall, bei dem dieser dazu aufgefordert hatte, Witze über „alle. Über Behinderte, über Schwule, über Schwarze"[25] zu machen, die Auffassung, es sei „tatsächlich eher diskriminierend, jemanden wegen

24 Die vergebliche Heldentat wird moralisch zusätzlich aufgewertet, da der Fahrgast in Bus 13 ein Schüler ist, der Paul am ersten Tag mehrmals absichtlich schlecht behandelt hatte.

25 Zitiert nach: Focus online, 2015, 24-jähriger reißt Witze über Schwule, Schwarze und Behinderte – und wird zum Star. Online: https://www.focus.de/kultur/kino_tv/darf-er-das-24-jaehriger-comedian-wird-mit-witzen-ueber-schwule-schwarze-und-behinderte-zum-star_id_5080589.html (02.10.2020).

bestimmter Eigenschaften oder Merkmale aus der allgemein üblichen Kommunikation auszuschließen“[26] und dazu gehöre auch das Mit- und Übereinander Lachen.

Ohne Zweifel bleibt es trotzdem eine Herausforderung, humoristische Elemente so zu konstruieren, dass sie eine gemeinsame Kommunikation ermöglichen, anstatt zu verletzen. Die von Schiewe formulierten Maximen bieten hier eine gute Basis, wie dies geschehen kann, ohne in eine formalisierte *political correctness* zu verfallen, indem sie Respekt vor allen Mitmenschen anmahnen. Dies ist eine Haltung, die Steinfeld in seinem Roman „für alle“ erfolgreich umsetzt und vor diesem Hintergrund entwickeln gerade die komisierenden Elemente in seinem Roman inklusive Wirkung, da sie die Gemeinsamkeiten zwischen behinderten und nichtbehinderten Protagonisten und Protagonistinnen hervorheben: So geraten sowohl Fatih als auch Paul wegen eines Lesefehlers in eine lächerliche Situation – Fatih, weil er seinen Schwarm fälschlicherweise für schwanger hält, Paul, weil er daran scheitert, einen vermeintlichen Nazi zu jagen – und beide werden, wenn auch in unterschiedlichem Maß, wegen lächerlich wirkender Vergehen mit schulischen Disziplinarmaßnahmen belegt: Fatih, weil er seine Lehrerin mit Nussjoghurt „abschießt“, Paul, weil er sich als Behinderter ausgibt, um das Praktikum zu umgehen. Im Ergebnis erscheinen beide unterschiedslos als ‚ganz normale Jungen‘ – mit den Worten Steinfelds: „Da, wo man selber ist, ist das normale Leben.“ (S. 67)

4. Didaktisierung

Steinfelds Roman bietet sich als Unterrichtslektüre in vielerlei Hinsicht an. Umfang und Sprache[27] sind für die Jahrgänge 7 bis 9 gut geeignet; der Protagonist Paul ermöglicht als Spiegelfigur einen lebensnahen, niederschwelligen Zugang zu der den meisten Lernenden wohl eher fernen Thematik.

Um sich speziell mit dem Komik-Profil Steinfelds intensiver zu befassen, empfiehlt es sich, entweder separat oder als Bestandteil eines Lesetagebuchs bzw. Lektürejournals ein Komik-Protokoll anlegen zu lassen. Die Schülerinnen und Schüler halten lektürebegleitend in einer Aufstellung stichwortartig fest, welche Szenen sie warum besonders lustig gefunden haben. Nachdem der gesamte Roman gelesen wurde, vergleichen sie in Lerntandems ihre Übersichten und jedes Tandem einigt sich auf drei Komik-Stellen: eine, die als besonders komisch eingeschätzt wird, eine, die besonders typisch für den Roman erscheint und eine, bei der die Lernenden denken, dass sie zwar lustig, aber auch etwas problematisch ist. In einem kurzen theoretischen Input werden die Schülerinnen und Schüler darüber informiert, dass es eine Diskus-

---

26 Vgl. ebd.

27 Der – wohl bewusst – provokant formulierte Titel ist für den Kontext Schule nicht optimal, bzw. er kann Eltern, die den Roman nicht kennen, sicherlich irritieren. Er ist allerdings keineswegs symptomatisch für die sprachliche Gestaltung insgesamt: Vulgärsprache wird nur vereinzelt in der wörtlichen Rede zur Charakterisierung von Figuren verwendet.

sion darüber gibt, wie komische Äußerungen beschaffen sein sollten, um zu unterhalten, aber nicht auszugrenzen. Die Lernenden können hier eigenes Vorwissen zur Thematik einbringen und bereits erste Vorschläge zu einer fairen Komik machen. Sie erhalten anschließend eine bearbeitete Version der von Schiewe entwickelten Kriterien:

> Gehe bewusst damit um, dass Bezeichnungen, die du in Witzen verwendest und Meinungen, die du in Witzen ausdrückst, andere Menschen beleidigen und diskriminieren könnten. Gehe bewusst damit um, dass deine Witze möglicherweise nur für ein bestimmtes Publikum geeignet sind. Gehe bewusst damit um, dass manche Witze nur in bestimmte Situationen angemessen sind.

Die Lerntandems tauschen ihre Auswahlliste der komischen Szenen aus Steinfelds Roman mit einem anderen Lerntandem. Jede Zweiergruppe bewertet nun den Szenenkatalog in Hinblick darauf, ob die angegebenen Szenen Schiewes Kriterien erfüllen. Nach der Bearbeitung werden exemplarisch einige Ergebnisse im Plenum vorgestellt. Auf der Grundlage dieser Vorarbeiten kann die Lerngruppe im Plenum die These Seiferts, dass es diskriminierend sei, über bestimmte Gruppen *keine* Witze zu machen, diskutieren, ebenso wie die Frage, ob der von Steinfeld in seiner Widmung „Für alle“ erhobene Anspruch durch den Roman erfüllt wird.

Darf man über eine „alte, einäugige Pfaffenhur" lachen?

Komik in Clemens J. Setz' Bearbeitung der 13. Historie aus dem Schwankroman *Dil Eulenspiegel*

Von Karima Lanius

In den meisten Schulen ist der Schwankheld Till Eulenspiel fester Bestandteil des Deutschunterrichts.[1] Die Erfolgsgeschichte des Stoffes ist bereits älter: Zu Beginn des 16. Jahrhunderts verfasste der Braunschweiger Zollschreiber Hermann Bote[2] den *Dil Ulenspiegel*, der seither vielfach rezipiert worden ist: jüngst von Daniel Kehlmann in *Tyll* (2017), der wiederum einige Elemente aus Charles de Costers *La légende et les aventures héroiques joyeuses et glorieuses d'Ulenspiegel et de Lamme Goedzak au pays des Flandres et ailleurs* (1867) übernommen hat. Der Verfasser selbst richtet sein Buch nicht an Kinder, sondern an Erwachsene zu deren Unterhaltung in „schweren Zeiten".[3] Auch wenn das Eulenspiegelbuch noch bis ins 18. Jahrhundert als Lektüre für Kinder verpönt war, trug spätestens Erich Kästner 1938 zur Verbreitung der Streiche des Narren in der Kinder- und Jugendliteratur bei.[4] Seither ist Till Eulenspiegel als Schelm und Spaßmacher bekannt[5] und findet sich auch in dieser Form in Clemens J. Setz' *Till Eulenspiegel. Dreißig Streiche und Narreteien* (2015), illustriert von Philip Waechter wieder. Allerdings bemerkt Setz, dass in den meisten

> Auswahlbänden und Nacherzählungen für junge Leserinnen und Leser […] [Till Eulenspiegel] stets als quirliger, verspielter, subversiver Narr dargestellt [wird], der den

---

1 Gegenwärtig sind seine Streiche z. B. in der gymnasialen Erprobungsstufe NRWs eingebettet, um sich die Erschließung eines Textes anzueignen und daher sind diese in vielen Lehrbüchern für die 5. Klasse vertreten. Vgl. Kernlehrplan für die Sekundarstufe I, Gymnasium in Nordrhein-Westfalen: Deutsch, hrsg. vom Ministerium für Schule und Bildung, Düsseldorf 2019, S. 18-19.

2 Mehr dazu bei Herbert Blume, 2009, Hermann Bote: Braunschweiger Stadtschreiber und Literat. Studien zu seinem Leben und Werk, in: Braunschweiger Beiträge zur deutschen Sprache und Literatur, Bd. 15, Bielefeld: Verlag für Regionalgeschichte, S. 211-235.

3 Wolfgang Lindow (Hg.), 2015, Ein kurtzweilig Lesen von Dil Ulenspiegel. Nach dem Druck von 1515, Stuttgart: Reclam, S. 7.

4 Vgl. Franz-Josef Payrhuber, 1995, Eulenspiegelgeschichten, in: Kinder- und Jugendliteratur. Ein Lexikon, hrsg. von Kurt Franz, Günter Lange und Franz-Josef Payrhuber, Meitingen: Corian, S. 1-14 und Gudrun Schulz, 2004, Das Lachen der Völker. Von Eulenspiegel und seinen türkischen und asiatischen Brüdern, in: Volksliteratur im neuen Kontext. Märchen – Sage – Legende – Schwank, hrsg. von Kurt Franz, Baltmannsweiler: Schneider, S. 110-128, hier S. 111.

5 Volker Meid, 2006, Metzler Chronik Literatur. Werke deutschsprachiger Autoren, 3. erw. Aufl., Stuttgart, Weimar: Metzler, S. 104-105.

> Reichen und Mächtigsten elegante Streiche spielt und den einfachen Leuten Dummheiten vorführt. Wenn man das Original liest, fällt allerdings auf, dass nur ein kleiner Teil der Geschichten in dieses mit dem Namen Eulenspiegel unauflöslich verbundene Erzählmuster fällt.[6]

Die Beobachtung, dass dieser bekannte Schwankroman viele „obskure Geschichten" (ebd.) enthält, in denen Till seinen Schabernack mit einfachen Leuten treibt, steht im Mittelpunkt dieses Beitrags. So nimmt Setz auch weniger bekannte und aus heutiger Sicht obskure Historien auf, in denen Eulenspiegel seinen Schabernack mit braven und unschuldigen Leuten treibt (vgl. ebd.). Setz' Absicht ist es dabei, den Abwechslungsreichtum des Originals abzubilden. Daneben haben ihn die ‚Ungewöhnlichkeiten' der Geschichten zu seiner Auswahl bewogen, weil sie nicht dem heutigen Eulenspiegel-Bild entsprechen: Bspw. siedet Eulenspiegel in der 47. Historie einen Hund bei lebendigem Leibe. Diese Episode nimmt Setz allerdings nicht auf, sondern beschränkt sich in seiner Auswahl auf nur 30 der über 90 Historien.[7]

Daran knüpft die Frage an, wie die Komik von Setz umgesetzt wird, damit sie für junge Leser und Leserinnen funktionieren kann. Hierbei schwingt auch die Frage mit, ob es legitim ist, über das Geschilderte zu lachen: So wird von Setz unter anderem die 13. Historie herausgegriffen, in der Till Eulenspiegel ein Osterspiel in einer Schlägerei enden lässt. Hierbei wird die Haushälterin Gertrud als „alte, einäugige Pfaffenhur" (S. 38) beschimpft. Um der Beantwortung der Kernfrage nach der Funktion der Komik näherzukommen, soll in einem ersten Schritt Setz' Variante der Geschichte exemplarisch analysiert werden, wobei die 13. Historie aus dem Original als Kontrastschablone immer wieder herangezogen wird. Schließlich wird in einem zweiten Schritt auf einer Metaebene diskutiert, um welche Art von Komik es sich handeln und drittens welche Funktion diese in der Kinder- und Jugendliteratur übernehmen könnte und welche didaktischen Implikationen für den Unterricht dies mit sich führt.

1. Setz' *Till Eulenspiegel*

Setz selbst verrät die Zielgruppe seines *Till Eulenspiegels* nicht direkt, wobei die Website des Suhrkamp/Insel-Verlags[8] und auch die Illustrationen von Waechter, deren Schaffen man aus Paul Maars *Jakob und der große Junge* (2001) oder Kirsten Boies *Chaossommer mit Ur-Otto* (2005) kennt, suggerieren, dass sich der Band an Kinder oder Jugendliche richtet. Aber der Leser und die Leserin wird doch verstört hinterlassen, weil Till Eulenspiegel häufig anderen schadet und über diese spottet, ohne dass ihm dafür ein Motiv gegeben wird[9], wodurch Setz dem Eulenspiegelbuch

6 Clemens J. Setz, 2015, Till Eulenspiegel. Dreißig Streiche und Narreteien, Berlin: Insel, S. 145. Der Text wird im Weiteren nach dieser Ausgabe mit der Angabe von Seitenzahlen zitiert.

7 Vgl. S. 148 und Lindow (Hg.), Ein kurtzweilig Lesen [Anm. 3], S. 135-139.

8 Vgl. https://www.suhrkamp.de/buecher/till_eulenspiegel_20014.html (13.10.2020).

9 Vgl. Helmut Sturm, 2016, Verstörende Freiheit. Clemens J. Setz erzählt Till Eulenspiegels Streiche nach, in: https://literaturkritik.de/id/21531 (13.10.2020).

aus dem 16. Jahrhundert mehr entspricht als der Figur aus der Kinder- und Jugendliteratur. Ganz ähnlich verhält es sich in *Wie Till sich einem Pfarrer als Küster verdingte und das Osterspiel ausarten ließ*, womit Setz zwar dem Hauptstrang der Erzählung im Original folgt, jedoch „Improvisation[en] um den Erzählkern" (S. 147) einfügt. So bleibt es dabei, dass Till als Küster angestellt wird, der das Osterspiel organisieren soll und dabei den mitspielenden Bauern einen falschen Text beibringt, um die Haushälterin zu beleidigen, worauf ein Handgemenge entsteht und der Protagonist das Weite sucht.[10] Dennoch löst in der Bearbeitung durch Setz eine intradiegetische Handlung die extradiegetische Rahmenerzählung ab. Die Fokalisierung ist überwiegend intern, wobei diese durch wörtliche Rede unterbrochen wird. Den Lesern und Leserinnen wird neben Langeweile nur eine Motivation genannt, die Till dazu bewegt, in den Dienst des Pfarrers einzutreten:

> Auf seiner Wanderung kam Till auch in das Dorf Büddenstedt. Dort hörte er im Wirtshaus jemanden sagen, der Pfarrer suche einen neuen Küster. Der alte sei von einem entlaufenen Mühlrad zu Mus zerdrückt worden. Das Bild gefiel Till, und bereits eine Stunde später sprach er beim Pfarrer vor. (S. 35)

Damit präsentiert Setz, vergleichbar mit dem Schwankroman, eine Figur, deren hauptsächlicher Beweggrund Schadenfreude ist.[11] Daneben bleibt Setz dabei, Tills Streiche als Lebensreise zu beschreiben, in der er verschiedene Orte besucht und unterschiedliche Berufe kennenlernt.[12] Aber anders als im Eulenspiegelbuch aus dem 16. Jahrhundert bringt Till anfänglich den Pfarrer sogar zum Lachen: „‚Hat er Theologiam studiert?', fragte der Pfarrer ‚Hat er bestimmt', antwortete Till. Da lachte der Pfarrer [...]." (S. 35) Das Lachen spielt hier eine große Rolle: So lacht neben dem Pfarrer und Till anschließend ein Teil der Gemeinde, bevor auch diese in die Schlägerei involviert ist. In der 13. Historie des Originals hingegen fällt kein einziges Mal das Verb ‚lachen'.

Weiterhin wird der Haushälterin der Name Gertrud gegeben, während der Schwankroman nur das Amt oder die Funktion der Figuren nennt. Allerdings ist der Holzschnitt aus der 13. Historie etwas expliziter als die Illustration von Waechter, bei der die Leser und Leserinnen nur die Kirche von außen sehen können. Aus der Distanz heraus erkennt man, wie Till vor der Schlägerei flieht. (S. 36) Der Holzschnitt hingegen bildet direkt die Schlägerei ab:

10 Vgl. Lindow (Hg.), Ein kurtzweilig Lesen [Anm. 3], S. 39-41.

11 Vgl. Rüdiger Schnell, 1991, Das Eulenspiegel-Buch in der Gattungstradition der Schwankliteratur, in: Hermann Bote. Städtisch-hansischer Autor in Braunschweig 1488-1988. Beiträge zum Braunschweiger Bote-Kolloquium 1988, hrsg. von Herbert Blume und Eberhard Rohse, Tübingen: Niemeyer, S. 171-196, hier S. 185-194.

12 Vgl. Lukas Werner, 2018, Erzählte Zeiten im Roman der Frühen Neuzeit. Eine historische Narratologie der Zeit, Berlin, Bosten: De Gruyter, S. 78f.

Holzschnitt der 13. Historie aus
Dyl Ulenspiegel

Illustration von Philipp Waechter
aus der Nacherzählung
von Clemens J. Setz

Im Vergleich zum Ausgangstext erfährt bei Setz auch Tills Betonung der Einäugigkeit der Haushälterin mehr Raum: „Till war gleich am ersten Tag aufgefallen, dass ihr ein Auge fehlte, und er konnte nicht anders, als sie hin und wieder mit kleinen Sticheleien zu reizen." (S. 37) Till träumt sogar von ihrem fehlenden Auge: „Einmal träumte er, dass er ihr, während sie schlief, die leere Augenhöhle mit dem Wachs einer brennenden schneeweißen Kerze volltropfte." (ebd.) Damit bekommt die Schadenfreude der Figur Till sadistische Züge. Sowie in der 13. Historie aus *Dil Ulenspiegel* eine Erklärung dafür fehlt, gibt es auch keine in der Nacherzählung von Setz: „Till wusste selbst nicht, weshalb es ihn immer so ungut ankam, wenn sie ihm über den Weg lief." (ebd.) Nach dieser Erläuterung verwundert es den Leser und die Leserin dann höchstwahrscheinlich nicht, dass Till den Bauern bei der Vorbereitung des Osterspiels erklärt, dass die Haushälterin eine böse Frau sei. Dabei täuscht Till die Bauern nicht nur darin, sondern vermittelt den dumm dargestellten Bauern ebenfalls, dass Gertrud meist auf Lateinisch flucht. Als die Haushälterin bei der Aufführung aus dem Felsengrab fragt: ‚Quem quaeritis'? ist es naheliegend, dass einer der Bauern sie als einäugige Pfaffenhure beschimpft. Genauso plausibel erscheint es, dass die Haushälterin, obwohl sie Till treffen wollte, wegen ihrer eingeschränkten Sehfähigkeit den Bauern mitten auf sein Auge schlägt (vgl. S. 38). Die Situation wird gesteigert, indem in einer Klammer hinzugefügt wird, dass ein Teil der Gemeinde im Begriff ist, in diesem Moment das Osterspiel zu ‚würdigen': „[...] (einige Dorfbewohner hielten dies für den Augenblick, da sie ergriffen tun und leise zu lobpreisen anheben durften) [...]." (ebd.) Hieraus kann man eine Kritik an der Frömmigkeit der Gemeinde lesen, die das Spiel oder generell die Predigt nicht verfolgt. Worin sich schließlich die Nacherzählung und die 13. Historie wieder einig sind, ist, dass Till Eulenspiegel nichts aus diesem Geschehen lernt, weil er unvermittelt die Szene verlässt.[13] Insgesamt gesehen übernimmt Setz in seiner Bearbeitung das narrative Grundgerüst der 13. Historie, gestaltet dieses aber farbenfroher. Zwar bleiben Schadenfreude und Komik integraler Bestandteil, aber beiden Elementen wird mehr Raum zugestanden, sodass diese von den Lesern und Leserinnen eher nachvollzogen werden können. Zum einen wird viel mehr gelacht und zum anderen wird Eulenspiegels Obsession mit dem fehlenden Auge der Haushälterin näher erläutert. Dies charakterisiert die Bearbeitung von Setz allgemein, da er versucht, nah am Original zu bleiben. Dadurch ergibt sich das Potential, jenseits aller bekannten Rezeptionen des Eulenspiegel-Stoffs, auch jungen Lesern und Leserinnen die Historien aus dem 16. Jahrhundert durch die Bearbeitung von Setz näherzubringen und zu zeigen, dass es sich nicht nur um lustige Einzelepisoden handelt, sondern um einen Schwankroman, in dem eine Lebensgeschichte verhandelt wird.

2. Warum lachen wir mit Till Eulenspiegel?

Die Frage bleibt, wie hier Komik erzeugt wird und welche Funktion sie gerade in der Kinder- und Jugendliteratur haben kann. Allgemein betrachtet besteht Komik nach der Rhetorik darin, durch eine überraschende Verletzung einer Norm den Rezipienten oder die Rezipientin zu unterhalten.[14] Ein Gegenstand unterschiedlicher Art kann dabei als komisch empfunden werden, wenn dieser eine belustigende Wirkung hat.[15] Das kann wiederum Unterschiedliches bei den Rezipienten und Rezipientinnen bewirken – drei Theorien sollen kurz vorgestellt werden: Die Inkongruenz-, die Überlegenheits- und die Entlastungstheorie.

Die Vertreter und Vertreterinnen der Inkongruenztheorie wie James Beattie (1735-1803) gehen davon aus, dass Komik durch die Abweichung von einer Norm entsteht. Beattie schreibt dazu: „[L]aughter arises from the view of two or more inconsistent, unsuitable, or incongruous parts or circumstances, considered as united in one complex object or assemblage [...]."[16] Demnach gibt es eine Diskrepanz zwi-

13 Vgl. Michael Neumann, 2013, Die fünf Ströme des Erzählens. Eine Anthropologie der Narration, Berlin, Boston: De Gruyter, S. 461

14 Vgl. Markus Winkler, 1998, Komik, das Komische, in: Historisches Wörterbuch der Rhetorik, Bd. 4, hrsg. von Gert Ueding, Tübingen: Niemeyer, Sp. 1166-1176, hier Sp. 1166.

15 Vgl. Tom Kindt, 2017, Komik, in: Komik. Ein interdisziplinäres Handbuch, hrsg. von Uwe Wirth, Stuttgart: Metzler, S. 2-6, hier S. 2.

16 James Beattie, 1779, Essay on Laughter and Ludicrous Composition, in: Essays, London: Creech, S. 348.

schen der normativen Erwartung und dem tatsächlichen Geschehen, aus dem Komik entsteht.[17]

Bei der Überlegenheitstheorie entsteht ein Gefühl einer Art Unzulänglichkeit bzw. das Gefühl von Größe bei den Betrachtenden: Man sieht z. B., dass jemand anderes aus Ungeschicktheit eine Tasse hinfallen lässt.[18] Diese Art von Komik basiert demnach auf einem Verlachen einer Person oder Figur, was bereits in der Antike beschrieben und als negativ herausgestellt wurde. Gotthold Ephraim Lessing (1719-1781) versucht dies positiv zu werten, indem er darin die Möglichkeit der Komödie sieht, dass die Rezipienten und Rezipientinnen für alle Arten von Komik sensibilisiert werden.[19]

Die Entlastungstheorie wiederum hat ihre Wurzeln im psychoanalytischen Ansatz von Sigmund Freud (1856-1939), der schreibt: „Die Lust des Witzes schien uns aus erspartem Hemmungsaufwand hervorzugehen, die der Komik aus erspartem Vorstellungs-(Besetzungs-)Aufwand und die des Humors aus erspartem Gefühlsaufwand […].“[20] Hier handelt es sich also um die Einsparung von Emotionen.[21] Anders ausgedrückt, geht das Komische mit einer Befreiung von ethisch-sozialen Kontrollmechanismen einher, weswegen es als ‚lustvoll‘ empfunden wird.[22]

Zwar trennen Theoretiker wie Theodor Lipps[23] Schadenfreude und Komik voneinander, aber in diesem Streich von Till Eulenspiegel gehen Schadenfreude, Komik und Lachen eine untrennbare Verbindung ein, die wie beim Schwank oder Schwankroman auf eine Normverletzung hinausläuft.[24] Das Lachen und die Schadenfreude finden sich zunächst auf der Figurenebene in Setz' Bearbeitung/Nacherzählung der 13. Historie. Durch die überraschende Verletzung der Norm – im heutigen Kontext die Diskriminierung von Personen mit einer körperlichen Einschränkung – entsteht Komik. Hierbei handelt es sich zum einen um eine Form der Komik, wie sie in der Inkongruenztheorie beschrieben wird, jedoch kann zum anderen auch Komik im Sinne

17 Vgl. Kindt, Komik [Anm. 15], S. 3.

18 Vgl. Emer O'Sullivan, 2018, Komik im (kinder)literaturtheoretischen Diskurs, in: Komik in der Kinder- und Jugendliteratur. Subversivität und Vergnügen im Fremdsprachenunterricht, hrsg. von Eva Burwitz-Melzer, Daniela Caspari und Emer O'Sullivan, Wien: Praesens Verlag, S. 19-42, hier S. 21.

19 Vgl. Klaus Schwind, 2010, Komisch, in: Ästhetische Grundbegriffe, Bd. 3, hrsg. von Karlheinz Barack u.a., Stuttgart: Metzler, S. 332-383, hier S. 360.

20 Sigmund Freud, 1905, Der Witz und seine Beziehung zum Unbewußten, Leipzig, Wien: Franz Deuticke, S. 204f. Hier zitiert ohne Hervorhebungen im Original.

21 Vgl. Kindt, Komik [Anm. 15], S. 3.

22 Vgl. O'Sullivan, Komik im (kinder)literaturtheoretischen Diskurs [Anm. 18], S. 22.

23 Siehe dazu Theodor Lipps, 1898, Komik und Humor. Eine psychologisch-ästhetische Untersuchung, Hamburg und Leipzig: L. Voss.

24 Vgl. Hans-Joachim Ziegeler, 2003, Schwank, in: Reallexikon der deutschen Literaturwissenschaft, Bd. 3, hrsg. von Jan-Dirk Müller, Berlin, New York: de Gruyter, S. 407-410, hier S. 408.

der Überlegenheitstheorie vorliegen, da Schadenfreude über das Leid anderer empfunden wird.[25] Daraus könnte man auch eine Befreiung einer ethisch-sozialen Norm ableiten, wie es die Entlastungstheorie beschreibt. Die Komik in diesem Streich von Till Eulenspiegel lässt sich also nicht klar fassen, aber es ist relativ deutlich, dass damit keine didaktische Funktion verbunden ist. Nur ein Satz könnte darauf hindeuten:

> Beim Osterspiel würden alle Menschen des Dorfes versammelt sein. Die drei Marien, die zum Felsengrab unterwegs waren, von dem aus der Heiland wie eine Taube in den Himmel flog, wurden von Till selbst und zwei Bauern gespielt. Gertrud hatte er, vielleicht aus einem leisen Reuegefühl des unheimlichen Traumes wegen, die Rolle des Engels gegeben. (S. 37)

Allerdings wird dieses ‚Reuegefühl' durch die Partikel ‚vielleicht' ins Unwahrscheinliche gezogen, zumal Till gleich als nächste Handlung die Bauern dazu verleitet, die Haushälterin zu beleidigen. Dem Leser und der Leserin wird dadurch aber vermittelt, dass es eigentlich nicht legitim ist, sich über die Einäugigkeit von Gertrud lustig zu machen. Auf diese Weise können gesellschaftliche Normen angesprochen und diskutiert werden. Die Figur des Till Eulenspiegel lässt sich dabei aber nicht unmittelbar einer bestimmten Komiktheorie zuordnen.

3. Komik, Schadenfreude und Narren

Insgesamt gesehen baut demnach die Komik der 13. Historie und auch die Bearbeitung durch Setz auf der Schadenfreude der Figur auf. Ob, wie bei Kästner, dabei eine fröhliche Grundstimmung[26] erzeugt wird, ist fraglich, weil Kinder erst später – meist ab dem sechsten Lebensjahr –Schadenfreude verstehen und empfinden können.[27] Ähnliches gilt für Komik: Zwar gibt es eine ‚kindliche Komik', doch die ‚Komik der

25 Vgl. Colin Wayne Laech, Russel Spaers und Antony S. R. Mansteadt, 2016, Parsing (malicious) pleaures: schadenfreude and gloating at other's adversity, in: The Social Nature of Emotions, hrsg. von Gerben A. van Kleef, Arik Cheshin, Agneta H. Fischer und Iris K. Schneider, frontiers, S. 23-35, hier S. 23.

26 Vgl. Rüdiger Steinlein, 1992, Kinderliteratur und Lachkultur. Literarhistorische und theoretische Anmerkungen zu Komik und Lachen im Kinderbuch, in: Komik im Kinderbuch. Erscheinungsformen des Komischen in der Kinder- und Jugendliteratur, hrsg von Hans-Heino Ewers, Weinheim, München: Juventa, S. 11-32, hier S. 16. Wobei auch die Komik in Kästners Kinderromanen in Hinblick auf ihre Verständlichkeit diskutiert wird, weil diese teilweise auf Ironie aufbaut. Vgl. Malte Dahrendorf, 2004, Erich Kästner und die Zukunft der Jugendliteratur oder über die Neubewertung einer Besonderheit des Erzählens für Kinder und Jugendliche bei Kästner, in: Erich Kästner Jahrbuch, Bd. 3, hrsg. von Volker Ladenthin, Würzburg: Königshausen und Neumann, S. 29-46, hier S. 35.

27 Vgl. Michael Titze, 2011, Die disziplinarische Funktion der Schadenfreude oder: Die Ambivalenz des Lachens, in: Freude – Jenseits von Ach und Weh?, hrsg. von Pit Wahl, Heiner Sasse und Ulrike Lehmkuhl, Göttingen: Vandenhoeck und Ruprecht, S. 11-39, hier S. 18.

Erwachsenen' entwickelt sich erst, wenn die sprachliche Mehrdeutigkeit verstanden wird[28], wobei es nach Maria Lypp „Verfahren der Vereinfachung"[29] gibt, um Komik Kindern und Jugendlichen zugänglicher zu machen. Was einer ‚kindgerechten' Komik z. B. entgegenkommt, ist, dass es sich teilweise um erzählte Komik handelt.[30] So wird in der Bearbeitung von Setz häufig betont, dass viel gelacht wird. Dabei hilft auch das Element des ‚Wörtlich-Nehmens', welches man im Allgemeinen mit der Figur Till Eulenspiegel verbindet:

> Da lachte der Pfarrer und wollte wissen, ob der gute Junge denn zumindest etwas vom Kerzenanzünden verstünde. Den guten Jungen müsse man wohl selber fragen, meinte Till, aber Kerzen habe er selbst schon viele angezündet in seinem Leben. (S. 35)

Der Pfarrer meint mit dem ‚guten Jungen' Till selbst, der diese Äußerung aber nicht auf sich bezieht, wodurch Komik entsteht. Hier bemerkt man, dass die Leser und Leserinnen für das Verständnis der Szene Kontextwissen über die Figur Till benötigen. Vergleichbares gilt für den Aufbau des Osterspiels: Bspw. kann man nicht als bekannt voraussetzen, dass die Auferstehung Jesu nachempfunden wird. Weiterhin wird der ‚Quem-quaeritis-Dialog' des Engels nur anzitiert und nicht übersetzt:

> Quem quaeritis in sepulchro, o christicolae?
> Jesum Nacarenum crucifixum, o coelicolae!
> Non est hic, surrexit, sicur praedixerat,
> ite, nuntiate, quia surrexit de sepulchro!
> (Wen sucht ihr im Grabe, ihr Christen?
> Jesus von Nazareth den Gekreuzigten, ihr Himmlischen!
> Er ist nicht hier; er ist auferstanden, wie er es vorausgesagt hat;
> Geht und meldet, dass er von dem Grabe auferstanden ist.)[31]

Ein junger Leser oder eine junge Leserin müsste demnach an solche konkreten Textstellen kommentierend herangeführt werden, um zu erkennen, wo das Schelmenstück von Eulenspiegel ansetzt. Die Haushälterin wird genau in dem Moment geschlagen, in dem der Engel beginnt, von Jesu Auferstehung zu berichten. Durch diesen Bruch kann Komik entstehen, die noch mehr ihre Wirkung entfaltet, wenn einerseits der Bauer Gertrud als ‚Pfaffenhure' bezeichnet und andererseits die Haushälterin diesen nicht engelhaft aufs Auge schlägt. Damit wird die Auferstehung mit der stereotypischen Vorstellung der sexuellen Verbindung zwischen Pfarrer und Haushälterin und schließlich mit Gewalt konfrontiert. Aber nur wenn man dies weiß, kann die Komik nachvollzogen werden. Daraus lässt sich ebenfalls das Potential von Komik in Kin-

---

28 Vgl. Stefan Hauser, 2005, Wie Kinder Witze erzählen. Eine linguistische Studie zum Erwerb narrativer Fähigkeiten, Bern u.a.: Peter Lang, S. 221.

29 Maria Lypp, 2000, Die Kunst des Einfachen in der Kinderliteratur, in: Taschenbuch der Kinder- und Jugendliteratur, Bd. 2, hrsg. von Günter Lange, Baltmannsweiler: Schneider, S. 828-843, hier S. 829.

30 Vgl. Steinlein, Kinderliteratur und Lachkultur [Anm. 26], S. 27.

31 Diether Krywalski, 2009, Geschichte der deutschsprachigen Literatur des Mittelalters in den böhmischen Ländern, Olomouc: Univerzita Palackého, S. 265.

der- und Jugendliteratur ableiten, seine Leser und Leserinnen mit zeit- oder kulturspezifischen Normen bekannt zu machen.[32]

Für die Frage nach der Komik ist relevant, welche Art von Narr Till Eulenspiegel verkörpert. Denn in der Nacherzählung von Setz begründet die Figur ihr Handeln durch die Feststellung, dass sie ein Narr sei (vgl. S. 37). Der Begriff des ‚Narren' ist ambivalent, hat viele Bedeutungen und kann in diesem Rahmen auf drei Gruppen reduziert werden: natürliche, moralisch-theologische oder Hofnarren. Bei den natürlichen Narren handelt es sich um geistig bzw. körperlich eingeschränkte Menschen, während die moralischen Narren direkt gegen christliche Normen und Werte verstoßen. Der Hofnarr ist der Narr, der zwar vorgibt, ein natürlicher Narr zu sein, aber auf diese Weise die Wahrheit aussprechen kann. Damit einher geht der Begriff der Narrenfreiheit.[33] Im heutigen Kontext wird mit der Figur des Till Eulenspiegel häufig der letztgenannte Typ verbunden, weil er aufgrund seiner Narrenfreiheit den Leuten den Spiegel vorhalten kann.[34] Allerdings ist Till in der 13. Historie vielmehr ein theologischer Narr, weil er sich gegen christliche Werte[35] wendet. In der Bearbeitung von Setz ist er hingegen ein moralischer Narr, weil er Gertrud offensichtlich und aggressiv diskriminiert.

Eine „Abschreckungspädagogik"[36] wie im *Struwwelpeter* wird dabei aber nicht verfolgt, zumal das Geschehen nicht in dieser Weise vom Erzähler kommentiert wird. Vergleichbar zu den Kinderbüchern des britischen Schriftstellers Roald Dahl trifft man hier eher einen ‚schwarzen Humor' an, der durch Komik getragen wird, aber die Frage nach der pädagogischen Unbedenklichkeit aufwirft.[37] Dennoch können auf dieser Grundlage „tabuisierte Wünsche und Ängste angesprochen und bearbeitet werden", weswegen man doch von einer Art Befreiung oder einem Ausleben sprechen kann.[38] Damit wird Setz' *Till Eulenspiegel, Dreißig Streiche und Narreteien* auch in puncto Komik zu einer voraussetzungsreichen Nacherzählung von *Ein kurtzweilig Lesen von Dil Eulenspiegel* aus dem 16. Jahrhundert.

32 Vgl. Eva Burwitz-Melzer, Daniel Caspari und Emer O'Sullivan, 2018, Einleitung, in: Komik in der Kinder- und Jugendliteratur [Anm. 18], S. 7-15, hier S. 7.

33 Vgl. Romy Brüggemann, 2010, Die Angst vor dem Bösen. Codierung des ‚malum' in der spätmittelalterlichen und frühneuzeitlichen Narren-, Teufels- und Teufelsbündnerliteratur, Würzburg: Königshausen und Neumann, S. 36-38.

34 Vgl. Schulz, Das Lachen der Völker [Anm. 4], S. 113.

35 Siehe dazu z. B. Peter Honegger, 1979, Eulenspiegel und die sieben Todsünden (1975), in: Eulenspiegel-Interpretationen. Der Schalk im Spiegel der Forschung 1807-1977, hrsg. von Werner Wunderlich, München: Fink, S. 225-241.

36 Vgl. Steinlein, Kinderliteratur und Lachkultur [Anm. 26], S. 20.

37 Vgl. Dieter Petzold, 1992, „Schwarzer Humor" in den Kinderbüchern Roald Dahls, in: Komik im Kinderbuch [Anm. 26], S. 151-172, hier S. 151.

38 Ebd., S. 169.

4. Ausblick: Setz' *Till Eulenspiegel* im Unterricht

Die schulische Beschäftigung mit mittelalterlichen Erzählstoffen wie dem Eulenspiegel erfordert einen reflektierten Umgang, der auf den ersten Blick komplex erscheint, weil durch mittelnieder- oder hochdeutsche Texte zunächst eine Barriere entsteht. Jedoch eröffnet sich die Möglichkeit, über das vermeintlich ‚Fremde' und ‚Eigene' auf interkultureller Ebene zu diskutieren.[39] Daher wird in einigen Lehrwerken für den Deutschunterricht an Gymnasien dem Till Eulenspiegel die Figur des türkischen Nasreddin Hodscha zur Seite gestellt, der ebenfalls für seine Schelmenstücke bekannt ist.[40] Anknüpfen kann man auch an die vietnamesischen Figuren Kuin und Sien[41], weswegen sich die Geschichten von Till Eulenspiegel auch im DaZ- oder DaF-Unterricht eignen.[42]

Aber eine Bearbeitung wie die von Setz ermöglicht nicht nur einen Vergleich mit anderen Schelmen- oder Narrenfiguren, um den interkulturellen Austausch zu fördern, sondern der Text birgt auch das Potential, seine Leser und Leserinnen über den eigenen Kulturraum zu informieren. Das begründet sich damit, dass mittelalterliche Texte heute die Rezipienten und Rezipientinnen mit einer „Alternativperspektive"[43] konfrontieren, die eine Alteritätserfahrung evozieren.

Einerseits erleichtert Setz den Zugang zum Text, indem er den Lesern und Leserinnen die Hemmnis nimmt, sich in eine älteren Sprachstufe des Deutschen einarbeiten zu müssen, was zum Beispiel der Umsetzung in der Schule entgegenkommt. Andererseits weist der Autor aktiv auf die Komik und die Motivation Tills hin, was im Original häufig fehlt oder uns zumindest im heutigen Kontext weniger augenscheinlich erscheint. Auf dieser Basis ist es möglich, nicht nur über die komischen Elemente oder die Narrenfigur in diesen Streichen mit Schülern und Schülerinnen zu diskutieren, sondern auch im Zuge dieser hier dargestellten 13. Historie und ihrer Bearbeitung über christliche Werte und Praktiken zu sprechen. Obwohl das Eulenspiegelbuch dabei häufig keine moralischen Erläuterungen liefert[44], knüpft eine Auseinanderset-

---

39 Vgl. Meinolf Schumacher, 2010, Toleranz, Kaufmannsgeist und Heiligkeit im Kulturkontakt mit den ‚Heiden'. Die mittelhochdeutsche Erzählung ‚Der guote Gerhart' von Rudolf von Ems, in: ZiG 1, H. 1, S. 49-58, hier S. 49.

40 Vgl. z. B. Klaus-Michael Guse und Claus Gigl (Hg.), 2015, D Eins. Deutsch Gymnasium, Braunschweig: Westermann, S. 207-209.

41 Vgl. Schulz, Das Lachen der Völker [Anm. 4], S. 116-120.

42 Eine aktuellere Bearbeitung für den DaF-Unterricht ist z. B. Marion Mohr, 2010, Till Eulenspiegel. Deutsche Lektüre für GER-Niveau A2, Stuttgart: Klett.

43 Vgl. Albrecht Classen, 2016, Alte Texte – Zeitlose Botschaften: Das Mittelalter in DaF und Literaturunterricht. Till Eulenspiegel, Mechthild von Magdeburg, Rudolf von Ems und Herzog Ernst, in: Amsterdamer Beiträge zur älteren Germanistik 76, S. 508-529, hier S. 513.

44 Vgl. Georg Bollenbeck, 1985, Till Eulenspiegel der dauerhafte Schwankheld. Zum Verhältnis von Produktions- und Rezeptionsgeschichte, Stuttgart: Metzler, S. 128.

zung damit zwangsläufig an moralische Fragestellungen an. So stellt sich beinahe automatisch die Frage, ob es legitim ist, über eine einäugige Haushälterin zu lachen, sodass die Lehrperson gegenwärtige Normen und Werte zur Sprache bringen kann.

Dies ginge über eine reine Texterschließung hinaus, was zeigt, wie tiefgründig eigentlich der Eulenspiegelstoff ist. Till Eulenspiegel verspottet durchgehend Autoritätsglauben, Scheinheiligkeit und Traditionen[45], wodurch sich das Potential bietet, diese quasi ex negativo zum Thema des Unterrichts für junge Schüler und Schülerinnen zu machen.

45 Vgl. Classen, Alte Texte – Zeitlose Botschaften [Anm. 43], S. 514.

Das Komische als Entlastungs- und Bewältigungsstrategie in Texten der Jugendliteratur

Anmerkungen zu Mikael Engströms *Ihr kriegt mich nicht!* und Erna Sassens *Das hier ist kein Tagebuch*

Von Pia-Maren Mohr und Franziska Plettenberg

1. Vielfalt des Komischen

Junge Leserinnen und Leser lachen gern und viel, entsprechend stark prägen komische Elemente die an sie adressierten Texte. Auch die Forschung zur KJL hat sich spätestens seit Mitte der 1980er-Jahre diesem Gegenstand zugewandt.[1] Dabei setzte man sich mit Form und Funktion von Komik vornehmlich in kinderliterarischen Texten auseinander, während sich zugleich die Auffassung etablierte, das Komische sei in Texten für jugendliche Leser kaum mehr zu finden.[2] Dies scheint angesichts der Häufung gravierender Problemlagen, instabiler Welten und darin strauchelnder Figuren in der problemorientiert-realistischen Jugendliteratur zunächst naheliegend. Der vorliegende Beitrag soll jedoch zeigen, dass gerade auch solche Texte, deren Gegenstand sich zunächst jedweder Form von Heiterkeit zu entziehen scheint, Orte des Komischen sein können – wenn auch in anderer Form. Während jüngere Lachgemeinschaften nämlich oft noch ganz im Bann von Slapstick, Klamauk und der spontanen Freude an grotesken Figuren zu stehen scheinen,[3] bedienen sich Texte jugendliterarischer Provenienz zunehmend subtilerer Spielarten des Komischen: Gerade innerhalb aktueller Jugendliteratur finden sich immer wieder Schilderungen belastender Lebenssituationen, die von komischen Elementen konterkariert werden. Sie reihen sich damit in die Tradition des in den 1980ern aufgekommenen (tragi-)komi-

1 Als wegweisend gilt der Beitrag von Maria Lypp, 1986, Lachen beim Lesen. Zum Komischen in der Kinderliteratur, in: Wirkendes Wort 36, H. 6, S. 439-453.

2 Siehe dazu exemplarisch Gabriele Czech, 2000, Komik in der Kinder- und Jugendliteratur der Gegenwart, in: Taschenbuch der Kinder- und Jugendliteratur, Bd. 2, hrsg. von Günter Lange, Baltmannsweiler: Schneider, S. 862-887, hier S. 867 und Gina Weinkauff, 2009, „Volle Kanne Witzigkeit". Über Komik und Humor in der Kinder- und Jugendliteratur, in den Medien und in der Entwicklung Heranwachsender, in: kjl&m 2, S. 3-14, hier S. 6. – Bei Lypp erweist sich das Komische in der Jugendliteratur als blinder Fleck, indem sie von einer Polarität zwischen Kinder- und Erwachsenenliteratur ausgeht. Aber auch in jüngerer Zeit lässt sich eine Fokussierung auf komische Kinderliteratur verzeichnen, wie beispielsweise der Themenschwerpunkt der Zeitschrift JuLit 3/2019 („Vorwiegend heiter – Komik und Humor in der Kinderliteratur") suggeriert.

3 Vgl. zur spezifischen Ausprägung kinderliterarischer Komik Helga Kotthoff, 2009, Kindliche Komik, Spaß und Spiel, in: kjl&m 2, S. 15-22.

schen Kinderromans ein, der „komische Darstellungen realistischer Problemsituationen zur Entdramatisierung problembehafteter Themen“[4] nutzt und dadurch „psychische Entlastung“[5] ermöglicht.

Auf theoretischer Ebene stehen derartige Textstrategien, die das Komische im Tragischen sichtbar werden lassen und dabei gleichsam die Erträglichkeit des Erzählten steigern, in deutlicher Nähe zu Überlegungen, die ihr Hauptaugenmerk auf die Befreiungs- respektive Entlastungsfunktion des Komischen richten. Dieter Henrich etwa spricht von einer „Komik der Befreiung“[6], die Lacheffekte aufgrund von Normverletzung oder -verschiebung provoziert: Diese setzt nicht nur die eher kindliche, „freie Komik“ voraus, die sich aus der Lust an spontaner Kontextverschiebung speist, sondern erfordert zugleich die Kenntnis von Normen und das Bewusstsein über deren Verletzung: „Hier schüttelt dann das Lachen etwas ab: den Kontext, der die falsche Norm, Vorgabe, Bindung gewesen ist.“[7] Befreiend ist diese Art von Komik insofern, als eine zuvor bestehende Fremdbestimmung durch den Normbruch aufgehoben wird und der Emanzipation des Lachenden dient.[8] Ähnlich gelagert ist die Entlastungstheorie, die am prominentesten von Sigmund Freud in seiner Schrift *Der Witz und seine Beziehung zum Unbewussten* (1905) dargelegt wird. Ihm zufolge generieren Humor, Witz und Komik stets eine Aufwandsersparnis und einen gleichzeitigen Lustgewinn:[9] So bedingt etwa der Humor in seiner „Weigerung, sich durch die realen Verhältnisse kränken und überwältigen zu lassen“[10], eine Gefühlsersparnis gegenüber negativen Affekten wie Angst oder Schmerz und schafft stattdessen Lust. Mit Freud kann Lachen also als ein Ventil für psychische Spannungszustände begriffen werden, das gleichsam eine „psychische Selbststabilisierung“[11] ermöglicht.

Wie gerade subtilere Spielformen des Komischen jugendliterarisch zum Ausdruck kommen und welche Wirkung sie dabei entfalten, lässt sich an den Romanen *Ihr kriegt mich nicht!* von Mikael Engström und *Das hier ist kein Tagebuch* von Erna

---

4 Bettina Oeste, 2019, Humor gehört zur Bildung. Das Potenzial komischer Kinderbücher, in: JuLit 3, S. 3-8, hier S. 5.

5 Hannelore Daubert, 2012, Moderne Kinderromane, in: Kinder- und Jugendliteratur der Gegenwart. Ein Handbuch, hrsg. von Günter Lange, 2., korr. u. erg. Aufl., Baltmannsweiler: Schneider, S. 87-105, hier S. 93.

6 Dieter Henrich, 1976, Freie Komik, in: Das Komische, hrsg. von Wolfgang Preisendanz und Rainer Warning, München: Fink, S. 385-389, hier S. 388.

7 Ebd.

8 Vgl. Lypp, Lachen beim Lesen [Anm. 1], S. 442-444.

9 „Die Lust des Witzes schien uns aus *erspartem Hemmungsaufwand* hervorzugehen, die der Komik aus *erspartem Vorstellungs*(Besetzungs)*aufwand* und die des Humors aus *erspartem Gefühlsaufwand*.“ Sigmund Freud, 1965, Der Witz und seine Beziehung zum Unbewussten, Frankfurt a. M.: Fischer, S. 192-193. Hervorhebungen im Original.

10 Moritz Wagner, 2017, Babylon – Mallorca. Figurationen des Komischen im deutschsprachigen Exilroman, Stuttgart: Metzler, S. 45.

11 Czech, Komik in der Kinder- und Jugendliteratur der Gegenwart [Anm. 2], S. 867.

Sassen zeigen. In Engströms Roman fungiert das Komische in Form von harmloser Situationskomik, aber auch Parodie und Karikatur für den zwölfjährigen Protagonisten als Kompass, um durch die oft als bedrohlich empfundene (Erwachsenen-)Welt zu navigieren. Sassens fünf Jahre älterer Protagonist, der zugleich als Erzähler auftritt, bedient sich hingegen vornehmlich dunklerer Schattierungen von Komik wie Ironie, Satire oder gar Zynismus, die mitunter eher der Vertuschung und Verdrängung belastender Gefühle infolge des Suizids der Mutter dienen und damit einer notwendigen Trauerarbeit entscheidend im Wege stehen. Beide Texte zeichnen sich dabei durch eine Doppelbödigkeit des Komischen aus, die sich in mehrfacher Hinsicht auf den Leser auswirkt und auch im Literaturunterricht produktiv aufgegriffen werden kann.

2. Gegensätze des Komischen – Mikael Engströms *Ihr kriegt mich nicht!*

Mikael Engströms Roman *Ihr kriegt mich nicht!*[12] beginnt in einem trostlosen Vorstadtbezirk Stockholms und erzählt die Geschichte des zwölfjährigen Mik, der vom Jugendamt aus schwierigen Familienverhältnissen[13] herausgenommen und zu seiner Tante Lena in ein kleines, abgelegenes Dorf mit recht eigentümlichen Bewohnern gebracht wird. Dort erfährt Mik seit langer Zeit wieder, wie sich Sicherheit und Geborgenheit anfühlen, dass man Erwachsenen vertrauen kann und dass die Schule nicht allein dazu dient, ausgelacht und gedemütigt zu werden. Schnell lebt Mik sich ein, findet neue Freunde und genießt die ihm auf vielfältige Weise entgegengebrachte Fürsorge. Sein Glück ist jedoch nur von kurzer Dauer: Starrsinnigen Jugendamtsmitarbeitern ausgeliefert, beginnt für Mik eine Odyssee durch Schweden, an deren Ende er nur knapp mit dem Leben davonkommt.

Trotz aller Ernsthaftigkeit des Erzählgegenstands spielt das Komische in diesem thematisch herausfordernden Jugendroman eine entscheidende Rolle, indem es als Seismograph von Miks Verunsicherung beziehungsweise der sich verändernden Einstellung gegenüber seiner Umwelt fungiert. Das Komische gibt dabei Aufschluss über Miks Haltung und Weltsicht[14] und illustriert so Grundlage und Grenzen seiner er-

12 Mikael Engström, 2018, Ihr kriegt mich nicht! Aus dem schwedischen Original von Birgitta Kircherer, 9. Aufl., München: dtv (nachfolgend im Text unter Angabe der Sigle IKMN zitiert). Im schwedischen Original ist der Roman bereits 2007 erschienen, die deutsche Übersetzung wurde 2010 für den Deutschen Jugendliteraturpreis nominiert.

13 Die Mutter ist früh verstorben, der Vater in seiner Trauer schwer alkoholkrank und sein großer Bruder – mit der Situation ebenso überfordert wie Mik – entzieht sich zunehmend den familiären Verhältnissen und widmet sich stattdessen kriminellen Aktivitäten, die schließlich auch seine vollkommene Absenz zur Folge haben.

14 Dieser Beitrag unterscheidet zwischen Humor als einer Haltung zur Welt und Komik als einem ästhetischen Phänomen, das sich im Text niederschlägt. Siehe dazu ausführlicher Tom Kindt, 2017, Komik, in: Komik. Ein interdisziplinäres Handbuch, hrsg. von Uwe Wirth, Stuttgart: Metzler, S. 2-6 sowie ders., Humor, in: ebd., S. 7-11.

staunlichen Resilienz. Gleichzeitig wird Unverständliches oder Sperriges durch die Möglichkeit des (Ver-)Lachens für junge Leser und Leserinnen auf ein verträgliches Maß reduziert und erleichtert auf diese Weise die Lektüre.

Miks Suche nach Glück und Geborgenheit wird von einer heterodiegetischen Erzählinstanz geschildert, die ihre Darstellung dominant intern fokalisiert und an die Wahrnehmung des Protagonisten bindet. Diese Erzählanlage ermöglicht die Inszenierung der tragischen Ereignisse und Wendungen aus Sicht des betroffenen Jugendlichen und veranschaulicht, unter welchen negativen Vorzeichen Mik die Welt um sich herum wahrnimmt: „Es wurde still. Fernsehen. Allein. Allein in der Wohnung. Allein mit Papa. Das war mehr allein, als wenn man ganz allein war“ (IKMN, S. 43). Auch das vor allem in der Alkoholsucht seines Vaters gründende und zu Beginn des Romans dominierende Gefühl des Allein-, Ausgeliefert- bzw. Fremdbestimmtseins wird auf diese Weise für junge Leserinnen und Leser plausibilisiert. Prinzipiell handelt es sich bei *IKMN* um keine humoristische Erzählung *an sich.*[15] Engström schreibt humoristische Kommentare in die Wahrnehmungen und Äußerungen seines Protagonisten ein. Auf diese Weise wird Mik die Deutungshoheit darüber gelassen, welche Aspekte seiner Geschichte noch zum Lachen anregen können. Zugleich gelingt der diffizile Spagat, den Respekt vor der mehr als ernsten Situation des Protagonisten zu wahren.[16]

Im Text werden zwei grundsätzliche Strategien ausgewiesen, mit deren Hilfe Mik sich durch seinen belastenden Alltag schlägt: zum einen die Flucht in fantastische Tagträume,[17] zum anderen sein besonderer Humor bzw. seine komische Art und Weise, auf unvorhergesehene oder unangenehme Situationen und Menschen zu reagieren oder diese zu kommentieren:

> Seine Ohren waren groß. Das war allerdings das Einzige, was an ihm groß war. […] „Bei dir wachsen wohl nur die Ohren?“, hatte die Schulschwester so laut gesagt, dass alle anderen es hörten. […] Danach hieß er nur noch Flatterohr. […] Ploppy hatte nur einen Hoden. […] Und Sara hatte über Nacht einen Riesenbusen bekommen. „Bei dir wächst wohl bloß der Busen?“, sagte die Schulschwester nicht. So was sagte man bloß über Ohren. Ploppys Pimmel war auch groß geworden. Lächerlich groß. Das sagte man auch nicht. Und Andreas hatte Haare bekommen. Der Rest der Klasse war völlig gesund. (IKMN, S. 7f.)

15 Als Grundzüge des humoristischen Erzählens beschreibt Wolfgang Preisendanz „die Polarität von Erzählgegenstand und Erzählweise“, d.h. das „konstitutive […] Brechungsverhältnis zwischen erzähltem Vorgang und Erzählvorgang“. Wolfgang Preisendanz, 1976, Humor als dichterische Einbildungskraft, 3., durchges. Aufl., München: Fink, S. 11. Vgl. zur Diskrepanz zwischen Erzählmodus und Erzähltem auch die Ausführungen zur grotesk-makabren Kinderliteratur bei Marlene Zöhrer, 2019, Abscheulich komisch. Vom Reiz des Makabren, in: JuLit 3, S. 19-25.

16 Siehe auch die Rezension von Lettner: „Engström ist seinem Helden spürbar zärtlich verbunden, vermeidet Pathos und hat einen ausgeprägten Sinn für Humor.“ Franz Lettner, 2009, Unter der Eisdecke des Sees, in: Die Zeit Online, https://www.zeit.de/2009/45/L-KJ-Engstroem.

17 Man denke etwa an seine Kämpfe mit den giftigen Eisdrachen, die eigentlich nur Hechte sind, vgl. IKMN, S. 316.

Das Komische beruht in diesen Fällen weniger auf harmloser Heiterkeit als vielmehr auf Überraschungseffekten in Folge von Erwartungsenttäuschungen,[18] die – wie im Falle der Beziehung zu seinem Vater – Auskunft über Miks Verhältnis zu den Ereignissen geben: „Wenn er an seinen Vater dachte, konnte er genauso gut an einen ... Spaten denken. Denk Spaten. Denk Spaten. Denk Spaten“ (IKMN, S. 28). Generell wird das Leben in Stockholm als eines gezeichnet, das nur in einer durch Komik erzeugten Distanz zur Realität erträglich scheint. Ein wesentliches Merkmal von Miks Alltag ist dabei der Mangel an Zuwendung und Fürsorge, der sich auch in einer Abwesenheit von Routinen äußert: Nie kann Mik wissen, wann, was und ob es überhaupt am Abend etwas zu essen gibt, geschweige denn, wen er in welchem Zustand in seiner Wohnung antreffen wird. Seine Sehnsucht nach Stabilität generiert daher den Wunsch nach Routine im Kleid der Wiederholung. In den zu Miks Ungunsten ausufernden Boxkämpfen mit seinem großen Bruder (vgl. IKMN, S. 19, 38) gelangt dieser Wunsch an seine schmerzhaften Grenzen und schreibt den auch fortan im Roman wiederkehrenden Formen von Wiederholungen und routinierten Verhaltensweisen ihre ambivalente Rolle ein.

Das Auseinanderfallen von Wunsch und Realität dieser Wiederholungen verdeutlicht am Beispiel der Dorfbewohner den Zusammenhang zwischen Normerwartungen und -brüchen als Katalysatoren komischer Effekte.[19] Hier nämlich scheint zunächst alles – zuweilen auch Befremdliches und daher Belustigendes – Wiederholung zu sein: „Hier kauft man entweder im Konsum ein oder bei ICA. Da gibt’s kein Hin und Her. Hier ist man ICA-Mensch oder Konsum-Mensch“ (IKMN, S. 78). Wie sehr die Menschen einer Routine anhängen, zeigt sich an den von Mik als komisch wahrgenommenen Eigenschaften der Bewohner. So reizt die beinahe mechanische Wiederholung des Nachttopfausleerens im Falle von Bengt und Bertil (IKMN, S. 83f., 98f.) zum Lachen und zeichnet die beiden Brüder als skurrile, aber liebenswürdige Erwachsenenfiguren aus, so dass Mik schließlich resümiert. „Bengt war in Ordnung [...]. Bengt war einfach so, wie er war. Nichts anderes versteckte sich dahinter. Nichts, was plötzlich hervorspringen und einem Angst machen konnte“ (IKMN, S. 148). Hier wird deutlich, wie sehr das Heitere für Mik an Harmlosigkeit gebunden ist. Die vielen eigensinnigen, aber genuin freundlichen Figuren des Dorfes bevölkern den Text als Gegengewicht zu den beängstigenden Entwürfen der Erwachsenenwelt in Stockholm und sind insofern sowohl innerhalb (für Mik) als auch außerhalb der Diegese (für den Leser) essentiell. Tante Lena, die neue Klassenlehrerin, Pi und ihre Freunde als schlitzohrige[20] Jugendbande, die eine „Katzenfabrik“ (IKMN, S. 104) betreiben und

18 Vgl. Uta Woiwod, 2018, Humor und Komik, in: Attraktive Lesestoffe (nicht nur) für Jungen. Erzählmuster und Beispielanalysen zu populärer Kinder- und Jugendliteratur, hrsg. von Christine Garbe et al., Baltmannsweiler: Schneider, S. 254-273, hier S. 255, 265.

19 Vgl. Henrich, Freie Komik [Anm. 6].

20 Zum Topos des Schlitzohrs vgl. Rüdiger Steinlein, 2009, Die Lust am komischen Text. Über literarische Lachszenen von Homer bis Karl Valentin. Abschiedsvorlesung, Ber-

auch sonst für jedes Abenteuer zu haben sind – sie alle sind auf ihre Weise sonderbar und gleichsam wohltuend harmlos und ermöglichen in genuin lustigen und erheiternden Episoden Mik und den Lesern und Leserinnen „Erholungspausen"[21] vom übrigen Textgeschehen.

Während sich die anfängliche Irritation Miks über die Eigenheiten der Dorfbewohner in gutmütigen Humor auflöst, greifen insbesondere für die Repräsentanten der staatlichen Machtstrukturen andere komisierende Verfahren. Zum einen werden die Jugendamtsmitarbeiter durch die Reduktion auf ein prominentes äußerliches Merkmal entpersonalisiert und karikiert. Von ihnen ist nur als „Goldzahn" und „Papageienfrau" (IKMN, S. 45ff.) die Rede, wodurch sich ihre Darstellung mittels der evozierten Assoziationen auch an der Grenze zum Grotesken bewegt. Zugleich werden hier Attribute der Figuren ausgewiesen, die sich später in ihren Handlungen konkretisieren. Während die Papageienfrau ihren Regelkatalog und damit verbundene Idealvorstellungen unreflektiert und ganz in Papageienmanier an Miks Bedürfnissen vorbei nachplappert („Aber die Papageienfrau hat immer weitergelabert", IKMN, S. 187), ruft der „Goldzahn" nicht nur stereotype Bilder von wenig vertrauenswürdigen Gestalten ab, sondern sein Name weist bereits auf seine Verbissenheit voraus, wenn es darum geht, Mik nach mehreren Ausreißversuchen endgültig dingfest zu machen (vgl. IKMN, S. 320f.). In diesen Karikaturen manifestiert sich ein komisierendes Darstellungsverfahren des Textes, das vor keiner vermeintlichen Autoritätsfigur Halt macht.[22] Hier dienen „Übertreibung, Verzerrung und Ironie [...] der Kritik an Gesellschaft und Bürgertum, lassen aber zugleich auch Distanzierung und Relativierung zu".[23] Anastasia Gremm sieht an dieser Stelle auch die Entlastungsfunktion des Komischen verwirklicht, die darüber hinaus eine pädagogische Funktion übernimmt:

> Dies [die komisierenden Darstellungsverfahren, P.-M. M. / F. P.] wird nicht nur als Strategie des jungen Protagonisten präsentiert, mit den unverständlichen Ereignissen und der daraus resultierenden Angst und Verunsicherung umzugehen, indem er die gefährlichen Fremden quasi „entwaffnet", sondern animiert den Leser auch dazu, die

lin: Humboldt Universität, S. 15: „Prototyp des ‚lustigen Bösen' ist das Schlitzohr, also eine Figurenkonzeption, der ein gewisses Schädigungspotential zueigen ist, das eine erheiternde Belachbarkeit zwar bis an die Grenzen ausreizen kann, diese aber nicht wirklich überschreitet."

21 Lettner, Unter der Eisdecke des Sees [Anm. 16].

22 Zum Beispiel auch nicht vor dem überforderten Schulleiter oder der unfähigen Schulpsychologin: „Wenn ich alles genau so erzählen würde, wie es ist, würde sie garantiert kaputtgehen. Auf der anderen Seite vom Tisch bloß kurz erzittern und POOFF! Also tu ich das nicht" (IKMN, S. 186). Vgl. hierzu auch Anastasia Gremm, 2013, Das männliche Kind im zeitgenössischen Kinder- und Jugendroman, Kopenhagen: Univ. Diss., S. 216, die darüber hinaus auf die intertextuellen Bezüge zu Tengils Handlangern in Astrid Lindgrens *Die Brüder Löwenherz* hinweist. Obgleich die intertextuellen Beziehungen beider Texte einen wichtigen Schlüssel zum Verständnis des Gesamttextes darstellen, kann im Rahmen dieses Beitrags nicht gesondert darauf eingegangen werden.

23 Oeste, Humor gehört zur Bildung [Anm. 4], S. 4.

> Prinzipien zu hinterfragen, die diesen Karikaturen mehr Handlungs- und Entscheidungsmacht zugestehen als dem Individuum, über das sie bestimmen dürfen.[24]

Zum anderen offenbart sich dort, wo die Idylle perfekt zu sein scheint, wie ungeeignet das System der Jugendhilfe ist. In der Pflegefamilie findet sich Mik einem zwischenmenschlichen Gegeneinander ausgeliefert, das die prekäre Situation in seiner Kernfamilie im Grunde noch übersteigt. Während Letztere vor allem aufgrund der Alkoholsucht des Vaters mit einer eigentlich akzidentiellen Dysfunktionalität[25] konfrontiert ist, sind in der Pflegefamilie ganz grundsätzlich maligne Dynamiken am Werk. Ihre Darstellung gleicht einer düsteren Parodie,[26] indem sich im vom Jugendamt gepriesenen „echte[n] Paradies" (IKMN, S. 197) die himmlische Ordnung völlig umdreht. Hier werden furchteinflößende Höllenhunde (IKMN, S. 204) gezüchtet und unschuldige Tiere der umgebenden Natur wahl- und gnadenlos vom Sohn der Familie zur Strecke gebracht. Eltern[27] wie Geschwister gehen dabei latent aggressiv und wütend einem eigentlich vereinzelten Dasein nach. Zum Lachen ist hier nichts, doch kommen in der parodistischen Überzeichnung Elemente zum Tragen, die die generelle Gereiztheit der Familie offenbaren und ihren nur aus der Ferne intakten Lebensentwurf mittels komischer Strategien *ad absurdum* führen. Hier zeigt sich ein möglicher Zielpunkt komischer Inszenierungen, nämlich „die Entlarvung von Verkehrtheiten, der Schädlichkeit etc. bestimmter Zustände, Verhaltensweisen, Entscheidungen usf. durch Lächerlichmachen"[28]. Eine Lachstimmung stellt sich angesichts der geschilderten Brutalität nicht ein, aber im Umkehrschluss erscheinen die Entscheidung des Jugendamtes, Mik aus seinem Umfeld herauszunehmen, und das traditionelle Familienbild mehr als fragwürdig. Und so gelingt es auch Mik, sich aus seiner anfänglichen Schockstarre zu befreien, als er unter anderem im Galgenhumor ein Mittel entdeckt, das ihn bei Verstand bleiben und Widerstand leisten lässt.[29] Als „König der Hundekackwürste" (IKMN, S. 221) besiegt er seine Angst vor den auf den zweiten Blick

24 Gremm, Das männliche Kind [Anm. 22], S. 216.

25 Hierfür spricht, dass Mik durchaus Erinnerungen an glücklichere Zeiten in und mit seiner Kernfamilie hat, insbesondere aus der Zeit vor dem Tod seiner Mutter, der alles ins Wanken gebracht hat.

26 Unter Parodie wird hier die Umformung der Vorstellung von einer idealen Familie verstanden, insofern das Idealbild als Vorlage „unter Beibehaltung kennzeichnender Strukturelemente, aber meist mit satirischer oder kritischer Wirkungsintention" umgearbeitet wird. Siehe Helmut Weidhase und Kai Kauffmann, 2007, Parodie, in: Metzler Lexikon Literatur, hrsg. von Dieter Burdorf u. a., 3., neu bearb. Aufl., Stuttgart, Weimar: Metzler, S. 572.

27 Und auch in diesem „Paradies" heißt die Mutterfigur *Eva* (vgl. IKMN, S. 199).

28 Steinlein, Die Lust am komischen Text [Anm. 20], S. 9.

29 Vgl. hierzu Uwe Wirth: „In extremen Formen der Machtlosigkeit […] scheint Galgenhumor eine der wenigen Möglichkeiten zu sein, einen Rest persönlicher Autonomie und Würde zu wahren und nicht vorzeitig zu verstummen"; Uwe Wirth, 2017, Komik und Gewalt, in: Komik [Anm. 14], S. 143-145, hier S. 143.

eher bemitleidenswerten als bedrohlichen Zuchthunden und lässt seine Not in einer konkreten leiblichen Reaktion sichtbar werden, wenn sich das verhasste Grützenfrühstück in einem imposanten Spuckstrahl über den Familientisch verteilt (IKMN, S. 216). Auch diese Form der „slapstick revenge“[30] bietet sowohl dem Protagonisten als auch den Lesenden die hier nottuende Entlastung.[31]

Die Feinfühligkeit des Textes zeigt sich schließlich auch in der gezielten Abwesenheit komischer Effekte im dritten Teil des Romans – dem von Mik als Ich-Erzähler geschilderten „Zombiebuch“ (IKMN, S. 175f.). Lenkende und erklärende Kommentare einer Erzählinstanz fehlen nach der angeordneten Rückkehr Miks zu seinem Vater vollständig und die Mittelbarkeit der Erzählung wird so auf ein Mindestmaß reduziert. Dies verdeutlicht, wie sehr Mik auf sich selbst zurückgeworfen wird; jedwede zuvor erfahrene Heiterkeit und Freude hat in Stockholm angesichts der Tragik seiner Lebensumstände keinen Raum mehr. So kann festgehalten werden, dass das Besondere dieses Jugendromans neben seiner generellen ästhetischen Qualität vor allem in der Behutsamkeit liegt, Ernstes und Komisches vorsichtig auszubalancieren und deren Effekte gezielt als das Textgeschehen unterstreichende Elemente einzusetzen. Kaum etwas wird zu bloßen Unterhaltungszwecken ins Belachbare gedreht, vielmehr veranschaulicht das Komische Miks Gemütszustand während seiner Odyssee. So endet der Roman auch konsequent in einer beinahe nicht mehr abzuwendenden Katastrophe, an deren Ende zwar das Überleben Miks gesichert wird, seine weiteren Lebensverhältnisse aber offenbleiben.

3. Grenzen des Komischen – Erna Sassens *Das hier ist kein Tagebuch*

In Erna Sassens Roman *Das hier ist kein Tagebuch* setzt sich Bou, der 16-jährige Protagonist und Erzähler, schreibend mit dem Suizid seiner Mutter auseinander.[32] Zwar liegt dieser bereits einige Zeit zurück, ist aber offenkundig nie angemessen aufgearbeitet worden; stattdessen hat Bou seine Gefühle, Ängste und Fragen marginalisiert und in trotzige Ignoranz umgewandelt, so dass sie ihn nun, fünf Jahre später,

30 So wird die Familie, die folterähnliche Methoden zur Domestizierung Miks anwendet, für ihr Handeln endlich bestraft: „Slapstick humor is frequently used [...] on the part of the author, as a form of ‚cosmic justice‘ against unpleasant characters“. Julie Cross, 2011, Humor in Contemporary Junior Literature, New York, London: Routledge, S. 29.

31 Zu den Wirkweisen skatologischer Komik siehe ausführlicher Bachtins Theorie des Karnevalesken; vgl. Michail Bachtin, 1990, Literatur und Karneval. Zur Romantheorie und Lachkultur, Frankfurt a. M.: Fischer, S. 33.

32 Erna Sassen, 2015, Das hier ist kein Tagebuch. Aus dem niederländischen Original von Rolf Erdorf, Stuttgart: Freies Geistesleben (nachfolgend im Text unter Angabe der Sigle KT zitiert). Bei dem Text handelt es sich um Sassens ersten Jugendroman, im niederländischen Original ist er bereits 2009 erschienen. Die deutsche Übersetzung wurde 2016 von Kritiker- und Jugendjury für den Deutschen Jugendliteraturpreis nominiert.

völlig unerwartet einholen und in eine lähmende Depression fallen lassen. Gewissermaßen als Therapieversuch verordnet der zunehmend hilflose Vater seinem Sohn daher das Verfassen eines Tagebuchs und das Hören von klassischer Musik. Beides lehnt Bou (auch aus Gründen eines potentiellen Imageverlustes)[33] zunächst vehement ab, findet aber zunehmend Gefallen und Trost darin, seinen quälenden Gedanken ein Ventil zu verschaffen. Der Jugendroman, der formal konsequent als ebendieses Tagebuch verfasst ist, dokumentiert Erfahrungen und Gefühlswelt des Protagonisten unmittelbar aus dessen Sicht und auf mehreren Zeitebenen: Zum einen erzählt Bou in analeptischen Episoden über die psychische Krankheit und den Suizid seiner Mutter sowie dessen Auswirkungen auf die gesamte Familie, zum anderen berichtet er über seinen gegenwärtigen Alltag, den er vornehmlich kraftlos in seinem Zimmer verbringt. Eine besonders prägnante Facette der Entwicklung des jugendlichen Erzählers bildet dabei die Wandlung seines Humors, die sich spürbar in der Gestaltung komischer Elemente im Text niederschlägt.

Orientiert man sich zunächst an den Ebenen, auf denen traditionellerweise komische Effekte erzeugt werden,[34] fällt auf, dass der Text keine komischen Figuren im klassischen Sinne installiert und auch auf die Schilderung anekdotisch-komischer Begebenheiten, abgesehen von einzelnen beinahe grotesk anmutenden Traumsequenzen (vgl. etwa KT, S. 132f.), weitestgehend verzichtet. Die Komik des Romans liegt in erster Linie in der sprachlichen Vermittlung der erzählten Welt begründet, die sich als innerer Monolog Bous präsentiert. Sassen zeichnet den 16-Jährigen dabei als einen grundlegend ‚humorbegabten' Menschen, der seine Umwelt durch scharfsinnige Beobachtungen pointiert und trocken zu kommentieren weiß. Insbesondere sein lakonischer, oft minimalistischer Sprachduktus lässt untergründig komische Effekte entstehen, die sich des Öfteren im Aufbau und der anschließenden Enttäuschung bzw. der paradoxen und überraschenden Verkehrung von Erwartungen entfalten.[35] Hinzu kommen Szenen, die von einem antiautoritären Humor zeugen, der oft als jugendtypisch verortet wird,[36] und solche, die kontemporäre Muster medialer Komikinszenie-

33 Etwaiger Spott wird selbstironisch vorweggenommen: „Mal angenommen, jemand gräbt es in hundert Jahren zufällig aus und denkt: ‚Nein, wie erbärmlich! Ein Sechzehnjähriger, der Tagebuch geführt hat!' Ich bin weder erbärmlich, noch führe ich Tagebuch. Das hier ist ein Heft." (KT, S. 5) oder auch „Wenn das meine Klassenkameraden hören würden. Religiöse Musik von Pergolesi. Das ist wie Yoga machen. Mit sechzehn!" (KT, S. 20).

34 Einen kompakten Überblick über Grundtypen literarischer Komik bietet Woiwod, Humor und Komik [Anm. 18], S. 261-266.

35 Vgl. Woiwod, Humor und Komik [Anm. 18], S. 255, 265. Vor allem die Schlussworte der einzelnen Tageseintragungen bilden einige humorvolle Pointen und illustrieren den Scharfsinn Bous, so etwa auf KT, S. 8, 56 und 145.

36 An die Schulaufgabe, ein Referat über die Harfe als Instrument anzufertigen, erinnert sich der Erzähler mit folgenden Worten: „Ich hatte ein Interview mit einer Harfenistin aus dem Internet gefischt, die sich auf ihrer Horngacher eine akute Luxation gespielt hatte (ausgerenkte Schulter). Das führte ich als Argument für die These an, dass *das*

rungen aufrufen, wie etwa Bous ‚Muttertypologie', die in ihrer auf den Schlusseffekt zielenden Reihung und Parallelisierung diverser Arten von Müttern Züge mündlich vorgetragener Stand-up-Comedy trägt:

> Die gemütliche Mutter gehört zu einer aussterbenden Art. Derzeit gibt es:
> die ehrgeizige, hochgebildete Mutter mit einer 40-stündigen Arbeitswoche
> die geschiedene Mutter mit einer 40-stündigen Arbeitswoche
> die reiche Mutter mit einer 60-stündigen Fitness- und Beauty-Woche.
> Und die Hartz-IV-Mutter gibt es auch noch. Aber auch die ist den ganzen Tag auf Achse, sich irgendwo bewerben.
> Vielleicht sollten wir sie in einem Reservat züchten, nette Mütter. Und sie anschließend im Wattenmeer aussetzen. (KT, S. 10f.)

Darüber hinaus erzeugt auch die Schriftsetzung erheiternde Momente, indem der innere Monolog des Tagebuchs in wiederkehrende Segmente eingeteilt wird: Betonungen werden, in Anlehnung an den Stil digitaler Kommunikationsmedien, durch Großschreibungen ausgedrückt. Gedankliche Einschübe werden parenthetisch in Klammern in den Text eingewoben, wobei sie häufig als unerwartet komisches Addendum zum Gesagten fungieren, etwa wenn Bou über den Besuch einer Selbsthilfegruppe für Kinder psychisch kranker Eltern berichtet: „Da war eine Achtzehnjährige, ein schönes Mädchen, das mich tief beeindruckt hat, besonders durch ihre Lustlosigkeit (und ihre wunderbare Figur)" (KT, S. 157). Oft findet sich zudem im Anschluss an den eigentlichen Tageseintrag ein kursiviertes ‚Musik-Update', in dem Bou das vom Vater verordnete Hören klassischer Musikstücke akribisch protokolliert und dies zugleich als geistreiche Kommentierung seines Gemütszustands nutzt; so beschreibt er seinen Gefühlszustand dort als „Doppelmoll" (KT, S. 15) und offenbart eine Vorliebe für den Countertenor mit der „toten, kahlen, emotionslosen Stimme" (KT, S. 35).

Diese generelle Ausrichtung der komischen Elemente erweist sich innerhalb des Romans jedoch als stark von der Stimmung des Erzählers abhängig. Zu Beginn des Tagebuchs, mithin in der Hochphase von Bous Depression, und dann vor allem in jenen Episoden, in denen er über seine unmittelbare Reaktion auf den Suizid der Mutter, das tragische Zentrum der Handlung, berichtet, begegnen dem Leser keine heiterhumoristischen Wortspiele, sondern blanker Zynismus und satirische Gehässigkeit. Mithilfe bewusst provokanter und derber, mitunter geschmackloser Äußerungen will Bou seine Mutter, über deren Tod er froh zu sein vorgibt (KT, S. 14), herabwürdigen. Nicht nur äußert er sich abfällig über ihr Erscheinungsbild innerhalb einer depressiven Episode („*echt, Ma, du sahst aus wie ein halbtotes Schaf und hast auch genauso gerochen*", KT, S. 33 [Kursivierung im Original]), auch für den Suizid findet er sarkastische, teils makabre Worte: Ihr Freitod habe „einen Verkehrsstau auf der Bahnstrecke Haarlem-Leiden" (KT 148) verursacht, sein Mitgefühl gelte daher vor allem den „Saubermacher[n] von der Eisenbahn […], die sie unter der Lokomotive

---

Bespielen der Harfe schädlich für die Umwelt im Allgemeinen und die menschliche Gesundheit im Besonderen ist." (KT, S. 46) Vgl. dazu auch Czech, Komik in der Kinder- und Jugendliteratur der Gegenwart [Anm. 2], S. 876.

hervorkratzen mussten“ (KT, S. 27). Immerhin sei sie aber dank des Begräbnisses „noch für hungrige Tiere [i.e. Würmer, P.-M. M. / F. P.] von Nutzen gewesen“ (KT, S. 20). Trotz dieser drastischen Äußerungen gerät Bou jedoch nicht zu einer „Inkarnation des zynisch-überlegenen Bösen mit Lachpotenzial“[37], wie Steinlein es prototypisch in Mephisto realisiert sieht, sind doch aus seinen zynischen Spitzen Gefühle von Wut und Verletzung herauszulesen, denen er Raum zu verschaffen sucht.[38] In seiner Macht- und Orientierungslosigkeit wählt Bou das Lachen im Sinne des *Ver*lachens, um eine Überlegenheit gegenüber seiner Mutter, von der er sich unentschuldbar verlassen fühlt, aber auch gegenüber der Unentrinnbarkeit der Situation zu demonstrieren. Er bedient sich damit einer grundlegenden Strategie der Satire, die ihren Gegenstand bloßstellen und lächerlich machen will, um ihm den Schrecken zu nehmen.[39]

Schmerz, Wut und Trauer des Erzählers manifestieren sich also in Pointen, bei denen dem Leser das Lachen im Halse steckenbleibt. Der Roman generiert in diesen Kontexten gerade nicht das tröstende Lachen des Tragikomischen, das eine milde Distanz vom Leid schaffen will;[40] vielmehr dient Bou das destruktiv-satirische Verlachen als eine Art Abwehrmechanismus, der eine Verleugnung seiner Trauer und eine allzu starke Distanzierung von seinen Emotionen befördert. Das vermeintliche Heilmittel wird damit gleichermaßen zum Hindernis für die eigene Trauerbewältigung wie zum Tabubruch: Wird ein versöhnliches Lachen über heitere Lebensereignisse eines Verstorbenen gemeinhin als trostreich akzeptiert, so überschreitet Bous abwertende Reaktion auf die psychische Krankheit und den Suizid seiner Mutter die Grenzen des gesellschaftlich tolerierten Umgangs mit Trauer, widerspricht doch sein aggressives, Züge von kaltem Sarkasmus offenbarendes Verlachen der Toten jeglicher sozialer Konvention. Das Komische zeigt sich in diesen Momenten in seiner düstersten Form,[41] die gerade für jüngere Leser und Leserinnen eine Herausforderung darstellt. In unmittelbarer Nähe zueinander provoziert Bou als Erzähler Momente höchster Beklommenheit, die Distanzierung erfordern, generiert aber auch unerwartet großes Identifikationspotential, etwa wenn er von der großen Zuneigung zu seiner jüngeren Schwester Fussel berichtet oder sich sehr klar über die Unangemessenheit

37 Steinlein, Die Lust am komischen Text [Anm. 20], S. 17.

38 Bou selbst hält diesen Umstand mit einem Ausspruch seiner Mutter fest: „‚Unsicherheit ist ein ausgesprochen schmerzhaftes Gefühl […]. Die meisten Menschen setzen es in Wut um.‘ (Da ist was dran.)“ (KT, S. 80).

39 Vgl. Wagner, Babylon – Mallorca [Anm. 10], S. 48, 51.

40 Vgl. Peter L. Berger, 1998, Erlösendes Lachen. Das Komische in der menschlichen Erfahrung, Berlin: De Gruyter, S. 111.

41 Im Unterschied zu den von Zöhrer analysierten makabren Kinderbüchern, in denen eine auktoriale Erzählinstanz ein potentiell ängstigendes Geschehen augenzwinkernd und locker vermittelt und damit eine bedeutende Distanz herstellt, erzählt hier eine Figur, die unmittelbar von der Handlung betroffen ist. Der Ernst der Situation kann daher nicht mehr durch die bloße Art der Darstellung aufgefangen werden. Bous dunkler Humor vermag den Schrecken nicht zu mindern, sondern lässt seinen Schmerz umso deutlicher zutage treten. Vgl. Zöhrer, Abscheulich komisch [Anm. 15], S. 22.

seiner despektierlichen Gemeinheiten äußert („ICH BIN EIN ARSCHLOCH ICH BIN EIN RIESEN-ARSCHLOCH“, KT, S. 118).

Neben den offen feindseligen Äußerungen der Mutter gegenüber erkennt der Leser auf der Ebene der komischen Elemente ebenso den Versuch, durch ironische Coolness die eigenen Gefühle von Unsicherheit, Enttäuschung und Hilflosigkeit zu überspielen, die sich für Bou angesichts des (kaum mehr als notdürftig verarbeiteten) Verlustes ergeben haben. Hier werden Einschläge des schwarzen Humors deutlich: Als Bou seine Großmutter zu ihrer ehrenamtlichen Tätigkeit in ein Altersheim begleiten muss, zeigt er sich zunächst widerwillig, wird aber schnell von einem stummen Patienten ins Herz geschlossen. Der Junge ist erstaunt, aber zugleich erfreut über diese Zuneigung und beschließt, beim nächsten Besuch einige Tierbücher zum gemeinsamen Anschauen mitzubringen:

> Aber das war nicht nötig. Denn beim nächsten Mal war Herr Van Zon tot. Ruhig über Nacht eingeschlafen. Nicht sofort in der nach meinem Besuch, sondern in der Nacht von Dienstag auf Mittwoch. Darüber war ich froh. Sonst hätte man noch denken können, es läge an mir. Dass ich überall, wohin ich komme, Tod und Verderben säe. […] Da stand ich nun am Mittwochmorgen mit meinen Büchern über das Kaninchen und den Schimpansen. Ich fühlte mich etwas im Stich gelassen. (KT, S. 110)

Innerhalb dieser bittersüßen Episode findet sich jenes für Bou typische Muster des Aufbaus und der Enttäuschung von Erwartungen exemplarisch zugespitzt. Dem Tod des neuen Bekannten begegnet Bou nicht mit Traurigkeit, sondern mit abgeklärtem ‚Galgenhumor‘. Sein Gefühl von Verlorenheit drückt er dabei zwar explizit aus, lässt es aber in einer Art Übersprungshandlung letztlich doch nur zu einer komischen Pointe werden, die ihm als Selbstschutz und emotionale Flucht dient. Auch hier wird das Ängstigende also qua Ironie ins Belachbare verfremdet. Auf diese Weise gewinnt der Erzähler zumindest partiell die Deutungshoheit über eine eigentlich verunsichernde Situation.[42] Damit bewegt sich das Komische zwar noch immer an der Grenze zum Tabubruch, ist aber nicht mehr derart aggressiv geprägt wie für die obigen Beispiele festgestellt.

Die Gestaltung von Humor und Komik korreliert durchgehend mit dem Gemütszustand des Protagonisten: Im Laufe der Genesung Bous schwindet der gehässig-makabre Zynismus und auch sein anfangs sehr düsterer Galgenhumor hellt sich auf. Mit Freud gesprochen kann Humor nun negative Gefühle abmildern und aus dem so ersparten Gefühlsaufwand einen Lustgewinn generieren.[43] Dementsprechend verlieren auch die komischen Elemente ihren bösartigen Zug und werden gutmütiger: Bous Welthass weicht zusehends einer sympathischen Selbstironie, die sein Selbstbewusstsein stärkt und bislang auf die Verdrängung aufgewandte Energien freisetzt.[44]

---

42 Vgl. Peter Nusser, 1987, Einleitung. Zur Phänomenologie des Schwarzen Humors, in: Schwarzer Humor, hrsg. von dems., Stuttgart: Reclam, S. 6-16, hier S. 13-15.

43 Vgl. Freud, Der Witz und seine Beziehung zum Unbewussten [Anm. 9], S. 189-191.

44 Vgl. Helmut Bachmaier, 2005, Nachwort, in: Texte zur Theorie der Komik, hrsg. von dems., Stuttgart: Reclam, S. 121-134, hier S. 133. – Mitunter ergeben sich auch aus

So wird etwa die quälende Antriebslosigkeit, die ihn seit Beginn der Depression begleitet, zum selbstreflexiven *running gag* umgemünzt: „Ich habe Fussel aufgetragen, später möglichst viele Kinder zu bekommen. […] Ich selbst fange nicht damit an. Mit Kindern. Zu schwache Gene. Meine würden später bloß jammernd in ihren Betten liegen" (KT, S. 129). Und auch im Bereich der Sexualität, die Bou recht alterstypisch Sorgen bereitet, lässt sich eine selbstironische Haltung des Erzählers ausmachen.[45] Der Protagonist erkennt also zunehmend seine eigenen Schwächen und Defizite an und stellt sich ihnen lachend entgegen. Mittels dieser Strategie gewinnt er zum einen Distanz zu seinem Ich und den leidvollen Erfahrungen und kann sich ihnen gestärkt stellen. Zum anderen bewirkt sein Lachen eine Transgression,[46] dient also der Überwindung von angstbesetzten Grenzen und vermittelt auch dem Leser die versöhnliche Botschaft, dass Ernst und Tragik ebenso wie Humor integrale Bestandteile des menschlichen Lebens darstellen.[47] Lachen und Weinen liegen teils nur wenige Zeilen oder Momente voneinander entfernt.

Dieser hohe Stellenwert des Komischen wird auch innerhalb des Textes mehrfach betont: Humor und Witz werden von den Figuren durchweg als sozial erwünschte Eigenschaften präsentiert (vgl. KT, S. 38, 66) und gerade in sehr bedrückenden Situationen wird mehrfach Bous Wunsch nach befreiendem Lachen ausgesprochen, wenngleich er sich *de facto* schlichtweg nicht zu einer Lachreaktion in der Lage sieht (vgl. KT, S. 17, 86, 129). Es mag daher kaum verwundern, dass auch Bous Umwelt die Rückkehr seines Humors als Zeichen seiner Genesung wahrnimmt: Ein altkluger, fast absurder Vortrag über die Gefahren Antwerpens (vgl. KT, S. 150-151) erfreut besonders Bous Großmutter, erkennt sie doch darin die zurückgewonnene Souveränität ihres Enkels über seine Emotionen. Doch mehr noch: In diesem Moment wird auch auf einer übergeordneten Textebene der über weite Strecken nur monologisch gestaltete Einsatz des Komischen in seine sozialen Zusammenhänge überführt. Bou wendet sich zurück an seine Umwelt, jedoch nicht ohne sein Tagebuch (und damit auch den Roman als Ganzen) gebührend humorvoll und in altbekannter Klammer-

---

Bous Versuch, die Ansprüche der besorgten Erwachsenen an seine Trauerbewältigung bewusst zu unterlaufen, komische Effekte des Erzählens, indem sie in einen fast noch kindlichen Trotz ableiten: „Das wird mein Lebensziel, habe ich mir heute Nacht überlegt. NICHT DIE ERWARTUNGEN ERFÜLLEN. Ab heute mache ich es mir zur Aufgabe, *alle zu enttäuschen.*" (KT, S. 91)

45 Dass Witze über Sexualität und körperliche Veränderungen zum Standardrepertoire Jugendlicher gehören und für diese oft dazu dienen, über entwicklungsbedingte Unsicherheiten hinwegzukommen und verwirrende Gefühlsregungen zu bewältigen, unterstreicht auch Woiwod; vgl. dies., Humor und Komik [Anm. 18], S. 256. – Insofern stellt der Roman gerade im ironischen Umgang mit Sexualität ein gutes Gespür für die Lebensrealität trauernder bzw. depressiver Jugendlicher unter Beweis, die nicht nur mit einer extremen Situation, sondern auch mit entwicklungsspezifischen Problemen zu kämpfen haben (vgl. etwa Bous und Paulines Briefwechsel KT, S. 170f.).

46 Vgl. Bachmaier, Nachwort [Anm. 44], S. 123.

47 Vgl. Wagner, Babylon – Mallorca [Anm. 10], S. 43, 47.

kommentierung zu beenden: „War eigentlich gar keine so schlechte Idee von meinem Vater. Kein Tagebuch zu führen. Morgen kaufe ich ein neues. (Oder nächstes Jahr)“ (KT, S. 179).

Insgesamt lässt sich festhalten, dass beide Texte nicht auf eine unvermittelte, kurzfristige Lachreaktion mit dem Ziel der reinen Unterhaltung oder Erheiterung abheben, sondern der Schwere der erzählten Welt eine subtile Leichtigkeit verleihen, die für Figuren wie Leser und Leserinnen gleichermaßen kathartische Wirkung entfaltet. Obgleich die spezifische Inszenierung des Komischen innerhalb beider Romane unterschiedliche Strategien verfolgt, weisen dessen spezifische Wirkweisen doch klare Parallelen auf. So können die Rezipientinnen und Rezipienten aus einer beobachtenden Perspektive an der Gestaltung der komisierenden Elemente das jeweilige Verhältnis der Figuren zu den geschilderten Ereignissen ablesen; das Komische wirkt aber auch unmittelbar auf sie, indem es ihnen Erleichterung in der Auseinandersetzung mit emotional herausfordernden Themen verschaffen kann. Gerade im Rahmen didaktischer Überlegungen gilt es, diese Komplexität zu beachten.

4. Didaktische Überlegungen

Ob Tod, Trennung oder Krankheit – es scheint in aktueller KJL kaum ein Thema zu geben, das nicht mittels Komik inszeniert und dadurch leichter verwunden werden kann.[48] Insbesondere für männliche Leser, die sich ‚realistischer Problemliteratur‘ gegenüber oft verhalten zeigen, erscheint die Möglichkeit eines distanzierten Lesemodus, der durch Humor eröffnet werden kann, essentiell.[49] Dennoch wird das Komische in der unterrichtlichen Auseinandersetzung mit solchen Texten oft kaum betrachtet.[50] Die ästhetische Qualität der hier vorgestellten Romane sollte daher nicht nur als Gelegenheit gesehen werden, Gestaltungselemente wie Erzählperspektive, Symbolik und intertextuelle Verweise zu analysieren, sondern ebenso den spezifischen Einsatz komischer Textstrategien zu untersuchen. Insbesondere die komischen Elemente der Texte sind es nämlich, die – wenn sie gemeinsam mit den Schülerinnen und Schülern nicht nur als kurzweiliges Lachangebot *hin*genommen, sondern als vielschichtiger Reflexionsgegenstand *wahr*genommen werden – eine besonders produktive Erschließung ermöglichen.

Voraussetzung einer auf Komik fokussierenden Didaktik ist ein Bewusstsein für deren Relativität: Kein Text kann objektiv das allgemeingültige Prädikat *komisch* oder *lustig* führen. Nach Maria Lypp

48 Vgl. Czech, Komik in der Kinder- und Jugendliteratur der Gegenwart [Anm. 2], S. 872-881.

49 Vgl. Christine Garbe, 2018, Gender und Genre. Gender-sensible Leseförderung und attraktive Genres der Kinder- und Jugendliteratur, in: Attraktive Lesestoffe (nicht nur) für Jungen [Anm. 18], S. 1-34, hier S. 20.

50 Vgl. Czech, Komik in der Kinder- und Jugendliteratur der Gegenwart [Anm. 2], S. 881.

> läßt sich das Komische weder durch literarische noch durch didaktische Anbahnungen schrittweise erschließen. Es wird entweder belacht oder nicht. […] Das hat seinen Grund darin, daß es nicht im Gegenstand, sondern im Betrachter liegt; daß ein Text nicht an sich komisch ist, sondern nur, wenn ihn der Leser so findet.[51]

So ist bei der Auswahl geeigneter Lesetexte darauf zu achten, dass sie über ihr komisches Potential hinaus eine Anschlusskommunikation ermöglichen, die alle Schüler und Schülerinnen einer Klasse anspricht. Folgt man den Annahmen Lypps, muss der Zugang zu komisierenden Textelementen zudem schrittweise über die persönliche Wahrnehmung der Lesenden erfolgen: So kann sich eine Lerngruppe im Falle der beiden hier betrachteten Texte zunächst über ihre individuellen und kollektiven Vorstellungen von Glück, Geborgenheit, Angst, Mut, Freundschaft etc. austauschen. In einem zweiten Schritt können diese den Schilderungen und Entwürfen des konkreten Textes gegenübergestellt werden, um dann aus einer Vergleichsperspektive heraus Abweichungen oder Verschiebungen von Normvorstellungen auszumachen, die komisch wirken können. Die Diskussion darf dabei aber nicht im Stadium der Identifikation stehenbleiben. Methodisch bietet hier insbesondere das literarische Gespräch den notwendigen Raum, sich als Lerngruppe zunächst über das, worüber gemeinsam gelacht wird, zu verständigen, dann aber auch Differenzen in der Lachstimmung nachzuvollziehen. Die damit einhergehende Schulung des Empathievermögens, der Übernahme von Perspektiven und der Nachvollzug bestimmter Handlungsmotivationen beschränkt sich dann nicht mehr nur auf die literarische Vorlage, sondern überträgt sich auch auf die Lesegemeinschaft. Hierin sieht auch Bettina Oeste einen wesentlichen Vorteil der Beschäftigung mit Komik: „Der Zugang über die komischen Elemente eröffnet nicht nur Potenzial zum literarischen Lernen, sondern auch zur Ausbildung von Humor und damit zur Persönlichkeitsentwicklung der Leserinnen und Leser."[52] Dies erscheint angesichts der Tatsache, dass die Forschung Jugendlichen ein Lachbedürfnis mitunter sogar abspricht,[53] umso wichtiger.

Beide Texte können in der Mittelstufe eingesetzt werden[54] und ermöglichen eine ebenso anspruchsvolle wie altersgemäße Annäherung an verschiedene Spielformen des Komischen. Didaktisch empfiehlt es sich, auf eine trennscharfe Problematisierung der persönlichen und sozialen Dimensionen des Komischen zu zielen: Auf der persönlichen Ebene kann mit den Schülern und Schülerinnen untersucht werden, welchen Einfluss das Komische gerade auch in Opposition zu ‚ernsten' Themen auf den eigenen Leseprozess und das damit einhergehende Lesevergnügen hat. Setzt man voraus, dass „Humor […] eine Versöhnung des Menschen mit der unliebsamen oder widersprüchlichen empirischen Wirklichkeit in Aussicht"[55] stellt, dann kann die Be-

51 Lypp, Lachen beim Lesen [Anm. 1], S. 441.

52 Oeste, Humor gehört zur Bildung [Anm. 4], S. 8.

53 Vgl. Hermann Helmers, 1965, Sprache und Humor des Kindes, Stuttgart: Klett, S. 139.

54 Das empfohlene Lesealter liegt für Engströms Roman bei 12, für Sassens Text bei 14 Jahren.

55 Wagner, Babylon – Mallorca [Anm. 10], S. 47.

obachtung der eigenen Wahrnehmung und Empfindung beim Lesen dabei helfen, die oft diffizilen Themen und Problemlagen, wie sie sowohl bei Engström als auch bei Sassen in vielfältiger Weise verarbeitet sind, für die Schülerinnen und Schülern zu konturieren und einer an ihrer Lebenswelt orientierten Erschließung zugänglich zu machen. Das Komische kann damit für die jungen Leser und Leserinnen als textinterne wie auch textexterne Entlastungs- und Bewältigungsstrategie erfahrbar werden, die auch im ärgsten Konflikt ein befreiendes Lachen ermöglicht und damit über bloße Unterhaltungsabsichten hinausreicht.

Aus der persönlichen Betroffen- bzw. Involviertheit ergibt sich zudem die Frage, welche allgemeinen sozialen Normen und Werte die Lachstimmung des Einzelnen wie auch der Gruppe beeinflussen. So können nicht selten die Meinungen darüber, ob etwas als komisch empfunden werden *darf* oder nicht, stark auseinandergehen. Nur wer sich der eigenen Lachstimmung bewusst ist, kann sich auch darüber austauschen, welches verletzende Potential im Komischen mitschwingen kann und inwiefern die Subjektivität des Komischen unsere Alltagskommunikation beeinflusst. Darüber hinaus lässt sich über Angemessenheit und Limitierung von Komik nachdenken: So werden Witz und Komik in Engströms Roman zuweilen zu „Form[en] des geistigen Widerstandes“[56], mittels derer der Protagonist durch die Unwägbarkeiten der Ereignisse navigiert. In Sassens *Tagebuch* hingegen werden mit (elterlichem) Suizid und psychischer Erkrankung gleich zwei gesellschaftlich tabuisierte Themen dargestellt und mit komischen Elementen durchsetzt, weshalb der Text oft die Grenzen des Sagbaren berührt und teils sogar überschreitet.[57] In der Lerngruppe kann daher diskutiert werden, inwiefern eine komische Auseinandersetzung mit Tabuthemen als unangebracht erscheint oder aber (im Gegenteil) Komik eine Verständigung über diese Themen erst ermöglicht. Mehr noch als bei anderen Texten ist dabei ein Gespür der Lehrperson gefragt, um auf eine Balance zwischen der Schwere der Themen einerseits und ihre unkonventionelle Vermittlungsweise andererseits Rücksicht nehmen und zudem die individuellen Prädispositionen und Reaktionen der Schülerinnen und Schüler im Blick behalten zu können.

In diesem Sinne kann die Analyse komisierender Elemente zu einem eigenwertigen Bestandteil eines multiperspektivischen literarischen Lernens werden, das sowohl rezeptions- als auch produktionsästhetische Aspekte in den Blick nimmt und einem bislang im Unterricht vernachlässigten Aspekt allgemeiner wie literarischer Kommunikation die verdiente Geltung verschafft.

56 Bachmaier, Nachwort [Anm. 44], S. 126.

57 Die wenigen, aber sehr wohlwollenden Rezensionen des Romans zeigen sich positiv überrascht angesichts des ungewohnt humorvollen Umgangs mit den Tabuthemen; vgl. exemplarisch Leonie Staubli: [Rezension], verfügbar unter: https://www.sikjm.ch/rezensionen/datenbank/?id=2237&c=1&keyword=Depression (21.09.2020).

Vergessene Texte der Moderne wiedergelesen

Vicki Baum: *Pariser Platz 13*

Von Dieter Wrobel

Steckbrief

Autorin:	Vicki Baum
Titel:	*Pariser Platz 13*
Verlag:	AvivA
Erstausgabe:	1930
Preis:	14,00 Euro
Jahrgangsstufe:	Sek. II
Gattung:	Komödie
Umfang:	220 Seiten (inkl. 80 Seiten Material)

Autorin und Werk

Vicki Baum ist nicht nur eine der erfolgreichsten Autorinnen der 1920er Jahre, sie ist geradezu zu einem Markenartikel „wie Melissengeist oder Leibnizkekse“[1] im Kultur- und Literaturbetrieb dieses Jahrzehnts (gemacht) geworden. Als Ullstein-Autorin gelabelt, hat sie den Spagat zwischen ambitionierter und zugleich publikums- und unterhaltungsorientierter Literatur geschafft. Auch wenn ihre Texte den Geschmack und den Zeitgeist der Weimarer Republik getroffen haben, auch wenn sie zur Unterhaltung gelesen worden sind, ist daraus nicht zu schließen, dass diese Texte literarisches Fastfood sind.[2] Im Gegenteil: Die Reduzierung auf den Begriff Unterhaltungsschriftstellerin hat dazu geführt, dass Vicki Baum als wichtige Erzählerin und Kommentato-

1 Joe Lederer, 1958, So sehe ich Vicki Baum, in: Welt am Sonntag vom 19.1.1958, S. 3.

2 Weil Baums Texte wiederholt als Trivialliteratur ge- und bewertet wurden, sind sie sukzessive marginalisiert worden. Vgl. hierzu Julia Bertschik, 2005, „Kolportageliteratur mit Hintergründen“. Zur Problematik der literarischen Wertung am Beispiel von Vicki Baum (1888-1960), in: Im Schatten der Literaturgeschichte. Autoren, die keiner mehr kennt? Plädoyer gegen das Vergessen, hrsg. von Jattie Enklaar und Hans Ester, Amsterdam/New York: Rodopi, S. 193-208, hier S. 193, sowie Sonja Nothegger-Troppmair, 2007, Die Neue Frau der 20er Jahre am Beispiel Vicki Baum. Literarische Fiktion oder Lebensentwurf, Saarbrücken: VDM, S. 12-21.

rin der Weimarer Republik „noch immer zu entdecken“[3] ist. Dass und wie sehr auch ihre Texte aus dem ästhetischen Umfeld der Neuen Sachlichkeit aktuell (geblieben) sind, zeigt die weniger bekannte Komödie *Pariser Platz 13*:

> In Zeiten von Anti-Aging, Doku-Soaps über die perfekte Modelkarriere oder die gelungenste Schönheits-OP ist Vicki Baums bislang übersehene Komödie über Kosmetik, Alter und Mode hochaktuell. Schon 1930 persiflierte die [...] Schriftstellerin hier den Traum von ewiger Jugend und Schönheit im Dienst international agierender Kosmetikketten, für deren Werbestrategien sie selbst nicht unempfänglich war.[4]

Als Hedwig Baum kommt die Tochter einer jüdischen Familie am 24. Januar 1888 in Wien zur Welt. Kindheit: schwierig, der Vater ist ein zur Tyrannei neigender Hypochonder, die Mutter hypersensibel und nervenkrank. Schließlich bricht der Vater aus dieser explosiven Situation aus, da ist Hedwig gerade mal vier Jahre alt.[5] Im Alter von zehn Jahren beginnt sie auf Veranlassung der Mutter am Konservatorium der Gesellschaft der Musikfreunde, dem renommierten Wiener Musikverein, ein Studium, das sie 1904 als ausgebildete Harfenistin abschließt. In diesem Beruf arbeitet sie rund zwei Jahrzehnte mit Engagements in Wien, Darmstadt, Kiel, Hannover und Mannheim. Eine erste Ehe mit dem Schriftsteller und Journalisten Max Prels währt von 1909 bis 1913. Drei Jahre später heiratet sie den Dirigenten Richard Lert, den sie während ihrer Zeit als Großherzogliche Hof- und Kammermusikerin in Darmstadt kennenlernt. 1914 erscheint ein erster Roman, *Frühe Schatten. Das Ende einer Kindheit*; für diesen Erstling ändert sie ein für alle Mal den ungeliebten Vornamen. Im folgenden Jahrzehnt ist Vicki Baum viel beschäftigt als Mutter zweier Söhne, Musikerin in verschiedenen Orchestern, Autorin diverser Romane und Novellen; doch ein durchschlagender beruflicher Erfolg bleibt aus.

Das für sie prägende Ullstein-Kapitel beginnt 1926 und dauert gerade mal fünf Jahre; da hat sie bereits etliche literarische Texte publiziert. Mit dem Ullstein-Engagement erfindet sich Baum gleichsam neu, denn in ihren Texten hatte sie bisher eher Widersprüchlichkeiten und eine gewisse Neigung zum Altmodischen durchblicken lassen.[6] Krechel bilanziert mit gewisser Lakonie:

---

3 Hartmut Vollmer, 2001, Vicki Baum und Gina Kaus. Ein Portrait zweier Erfolgsschriftstellerinnen der Zwischenkriegszeit, in: Wien – Berlin, hrsg. von Bernhard Fetz und Hermann Schlösser, Wien: Zsolnay, S. 45-57, hier S. 57.

4 Julia Bertschik, 2006, Die Ironie hinter der Fassade. Vicki Baums neusachliche Komödie aus dem Schönheitssalon „Pariser Platz 13“ (1930). Nachwort, in: Vicki Baum, Pariser Platz 13, Berlin: AvivA, S. 192-212, hier S. 192. Hierbei handelt es sich um eine gebundene Ausgabe; dieser Beitrag legt die Taschenbuchausgabe des AvivA-Verlags aus dem Jahr 2012 zugrunde; alle Zitate beziehen sich auf diese Ausgabe und folgen der dort verwendeten Orthografie und Interpunktion.

5 Vgl. Nicole Nottelmann, 2007, Die Karrieren der Vicki Baum. Eine Biographie, Köln, Kiepenheuer & Witsch, S. 15ff.

6 Vgl. Nicole Nottelmann, 2000, Vicki Baum, in: Leider hab ich's Fliegen ganz verlernt. Portraits von Künstlerinnen und Schriftstellerinnen der Neuen Sachlichkeit, hrsg. von Britta Jürgs, Berlin: AvivA, S. 33-45, hier S. 36.

> Im Kontext der Ullstein-Kultur ist Vicki Baum eher eine Exotin. Mit einem Bein steht sie noch in einer untergegangenen Welt, mit dem anderen rennt sie, hüpft sie, tanzt sie Shimmy. Aber gerade diese Zwitterhaftigkeit macht ihren Erfolg aus. Sie schreibt ja nicht nur für die vielen Angestellten, die erste Generation berufstätiger Frauen aus Berlin-Wilmersdorf, Fronau und Grünheide, die die Kinos bevölkern, die Cafés und die Straßen mit den großen Schaufenstern. Sie schreibt auch für die Bergassessorbraut in Essen-Steele, die sich im Hintergrund bereithält, eine deutsche Frau & Mutter zu werden.[7]

Schnell etabliert sie sich auf einem der begehrten Redakteursposten im Ullstein-Zeitschriftenimperium, allerdings bleibt sie als Frau vor allem für die Themen Mode und Lifestyle zuständig. Alle Türen stehen einer erfolgreichen Frau auch bei Ullstein dann doch noch nicht offen. Im Laufe der Jahre schreibt sie für weit mehr als 30 Zeitschriftentitel über alles, was die moderne Frau der 1920er Jahre interessiert. Sie schreibt viel, schnell und gut; der Ullstein-Verlag erkennt das Potenzial und organisiert eine regelrechte Marketingkampagne um Vicki Baum. Ihr wird ein verändertes Aussehen und ein Image als moderne, neue, modebewusste Frau verpasst. Quer durch die Ullstein-Verlagssparten wird das erprobt, was später Crossover-Marketing heißen wird. Ihre Präsenz überschreitet die Mediengrenzen; all das mit außerordentlichem Erfolg:

> Mit einundvierzig Jahren war Vicki Baum zum ersten Medienstar des gedruckten Wortes geworden. Sie sprach im Rundfunk und bewarb mit ihrem Konterfei eine Uhr der Marke Alpina. Wie Ernst Toller und Erich Kästner gab sie Lesungen und Autogrammstunden im Kaufhaus Karstadt und diskutierte, allseits präsent, in Hörsälen mit Studentinnen.[8]

Kurz: Die Gesamtinszenierung, die mediale Kunstfigur Vicki Baum kommt bestens an. Überall. Auch deshalb zählt Lickhardt sie zur Riege der „Pop-Autorinnen“[9] der 1920er Jahre. „Mit ihrer Biografie beglaubigte sie in dieser Zeit, dass die moderne Frau alles vereinen konnte; Beruf und Mutterschaft, Gefühl und Kalkül, Spaß und Disziplin.“[10] Bemerkenswert ist, dass Vicki Baum angesichts solcher öffentlichen Resonanzen und medialer Omnipräsenz tatsächlich literarisch wächst und reift. Denn zum Ende der 1920er Jahre legt sie zwei überaus erfolgreiche Romane vor, die lange nachwirken: 1928 erscheint *stud. chem. Helene Willfüer*. Genaue Milieubeobachtungen, Anschlüsse an aktuelle gesellschaftliche Diskurse und eine ambivalente Frauenfigur im Zentrum sorgen dafür, dass dieser Roman um weibliche Berufstätigkeit, Liebesgeschichten und das brisante Thema Abtreibung zum Bestseller wird. 1929 veröffentlicht Baum ihren bekanntesten Roman, *Menschen im Hotel. Ein Kolportageroman*

7 Ursula Krechel, 2015, Stark und leise. Pionierinnen, Salzburg/Wien: Jung und Jung, S. 119.

8 Nottelmann, Die Karrieren der Vicki Baum [Anm. 5], S. 132.

9 Maren Lickhardt, 2018, Pop in den 20er Jahren. Leben, Schreiben, Lesen zwischen Fakt und Fiktion, Heidelberg: Winter, S. 77.

10 Nottelmann, Vicki Baum [Anm. 6], S. 36f.

mit Hintergründen, der ihr Werk „literaturhistorisch haltbar macht“[11]. Die Darstellung des zufällig wirkenden Aufeinandertreffens unterschiedlicher Charaktere an einem transitorischen Ort, einem Hotel eben, und der sich hierin spiegelnde Zustand einer Gesellschaft ist als wichtiger literarischer Meilenstein der Neuen Sachlichkeit anzusehen. Die Adaptierbarkeit nicht nur für den Film zeigt Baums Gespür für intermediale Arrangements; tatsächlich ist *Menschen im Hotel* mehrfach verfilmt und darüber hinaus für die Bühne adaptiert worden (Uraufführung 1930 im Theater am Nollendorfplatz unter der Regie von Max Reinhardt). Diese produktionsästhetische Weitsicht, die Möglichkeiten des Ullstein-Verlags und die Anschließbarkeit der Medienfigur Vicki Baum an Zeitgeistphänomene gehen eine höchst erfolgreiche Symbiose ein:

> Initiiert durch eine zeittypische Imagekampagne des Ullstein-Verlags verkörperte sie ab 1927 in [...] idealtypischer Weise den temporeichen Lebensstil der ‚Neuen Frau‘ in der Großstadtmetropole Berlin zur Zeit der Weimarer Republik. Ihre berufliche Karriere wurde durch die steigende Industrialisierung und Kommerzialisierung des Presse- und Verlagswesens möglich. Im Falle des finanzstarken Ullstein-Konzerns mit seiner ständig erweiterten Palette von Zeitungs-, Illustrierten- und Buchprodukten wie deren interner Mehrfachverwertung führte es dazu, daß der Text als gut verkäufliche Ware über Gesinnung, Geschlecht oder Ausbildung der Autoren dominierte. Das bedeutete eine Chance gerade für Frauen, denen traditionelle bürgerliche Tageszeitungen, wie z.B. die Frankfurter Zeitung, weiterhin eine Redaktionsmitgliedschaft vorenthielten.[12]

1931 schreibt Vicki Baum mit *Pariser Platz 13* dann eine Komödie, die all dies auf der Oberfläche spiegelt, tatsächlich aber hintergründig höchst (selbst-)ironisch kommentiert. Die Darstellung von Schönheitswahn und Werbekampagnen, von Inszenierungen und Schwindel rund um eine betuchte Klientel eines Berliner Schönheitssalons ist vergnüglicher Theaterspaß und zugleich ein Versuch, den Medienrummel und die Lifestyle-Hypes mit ein wenig Distanz zu betrachten. Außerdem zeigt sich Vicki Baum als begnadete Verwerterin eigener Texte, denn sie legt ihren Figuren teils Worte in den Mund, die sie zuvor schon in Modejournalen publiziert hatte. Im selben Jahr wird die Komödie an den Berliner Kammerspielen uraufgeführt; die Regie hat niemand Geringeres als Gustav Gründgens übernommen.

Anfang der 1930er Jahre ist Vicki Baum längst auch international bekannt, ihre Werke erscheinen in Übersetzungen und verkaufen sich rund um den Globus. Zum Erfolg trägt auch bei, dass sie auch im Ausland persönlich in Erscheinung tritt, sie reist nach London, Moskau, New York, hält Lesungen, lächelt von Werbeplakaten, ist omnipräsent. 1930 hat *Grand Hotel*, die dramatisierte englische Fassung von *Menschen im Hotel*, am Broadway Premiere und wird zum großen Erfolg. Vicki Baum ist mit einem Paukenschlag in Amerika angekommen. Wer am Broadway triumphiert,

---

11 Ebd., S. 35.

12 Julia Bertschik, 2007, „Arbeit am Klischee“ oder „Vom Wesen der Mode“: Helen Hessel-Grund und Vicki Baum. Zwei Beiträge zur Zeitsignatur der Oberfläche in der Weimarer Republik, in: Literatur und Kultur im Österreich der Zwanziger Jahre. Vorschläge zu einem transdisziplinären Epochenprofil, hrsg. von Primus-Heinz Kucher, Bielefeld: Aisthesis, S. 119-134, hier S. 127.

empfiehlt sich auch für Hollywood. Dort, im Zentrum der Filmindustrie, begleitet sie die Dreharbeiten zum Film *Grand Hotel*, der 1932 in Starbesetzung – Greta Garbo spielt die Rolle der alternden Ballerina Grusinskaya – in die amerikanischen Kinos kommt und gleich darauf den *Oscar* als bester Film des Jahres gewinnt. In Los Angeles gefällt es Baum und ihrer Familie so gut, dass sich im Nobelstadtteil Pacific Palisades niederlassen.

Ihre jüdischen Wurzeln hätten allein schon gereicht, um Vicki Baum in Deutschland nach 1933 in Bedrängnis zu bringen; zudem ist ihre Literatur den Nazis als sogenannte Asphaltliteratur verhasst. Bei den Bücherverbrennungen 1933 gehen auch Baums Werke in Flammen auf. Doch da ist Vicki Baum längst in den USA. Anders als viele der zahllosen meist später Emigrierten hat sie das Glück und das Geschick, ihre Karriere in englischer Sprache fortsetzen zu können. Sie ist fleißig und erfolgreich in Sachen Selbstvermarktung. Krechel pointiert: „Sie ist die preußischste Wienerin und die amerikanischste Emigrantin aus Hitler-Deutschland."[13]

Mitte der 1930er Jahre stellt sie einen Kontakt zum Amsterdamer Exilverlag Querido her, dort veröffentlicht sie ihre aktuellen Texte, die in Deutschland nicht mehr erscheinen dürfen. Als ihr 1938 dann die deutsche Staatsbürgerschaft entzogen wird, kann sie problemlos die amerikanische annehmen. Vicki Baum schreibt weiter, nach 1941 ausschließlich auf Englisch. Es sind Texte, die zusehends eine politische Dimension besitzen, so zum Beispiel der Roman *Hier stand ein Hotel* (1943; engl. Original: *Hotel Berlin '43*). Darin seziert Baum kenntnis- und faktenreich die Propaganda des Nationalsozialismus, fragt differenziert nach Verantwortung und Schuld und zeigt – noch einmal – ein Hotel als Brennglas einer Gesellschaft am Scheideweg. In *The Weeping Wood* (1943, dt.: *Kautschuk*) verhandelt sie die Funktion des auch militärisch wichtigen Rohstoffs Kautschuk, nachdem dieser nach dem japanischen Angriff auf Pearl Habor nur noch in reduziertem Umfang zur Verfügung steht. „Der Roman handelt also von den wirtschaftlichen und industriellen Grundlagen des Zweiten Weltkriegs. Es gibt nur wenige Exil-Schriftsteller, die sich so weit vorwagen."[14]

Schon seit den 1920er Jahren ist Vicki Baum viel gereist, hat viele Länder auf vielen Kontinenten gesehen. Die Europareise jedoch, zu der sie 1949 aufbricht, ist eine mit besonderer politischer Markierung. Baum besucht Frankreich, Italien, die Schweiz, Belgien, Portugal, aber sie besucht eben nicht Österreich und Deutschland.

Am 29. August 1960 stirbt Vicki Baum in Los Angeles. 1962 erscheint posthum die Autobiografie *Es war alles ganz anders*. Daneben hinterlässt sie ein umfangreiches literarisches und journalistisches Werk. Die Stationen ihres Lebens – Wien, Berlin, Los Angeles – und der Krieg und Naziregime überdauernde Erfolg haben sie als Phänomen ins literarische Gedächtnis eingespeist, auch wenn sie dort unter den Autorinnen und Autoren der Weimarer Republik und der Neuen Sachlichkeit eher randständig ist. Immer wieder wird sie gemeinsam mit Gina Kaus in einem Atemzug ge-

13 Krechel, Stark und leise [Anm. 7], S. 115.

14 Ebd., S. 128.

nannt, deren Lebensstationen erstaunliche Parallelen aufweisen.[15] Aktuell verfügbare Textausgaben ermöglichen eine Revision des lange gepflegten und reduzierten Bildes von Vicki Baum als reine Unterhaltungsschriftstellerin.

Inhalt

In ihrer Komödie *Pariser Platz 13* aktualisiert Vicki Baum die Suche nach ewiger Jugend und Schönheit im Kontext der Gesellschafts- und Marktbedingungen der Spätphase der Weimarer Republik. Dabei kommt der Werbung, die Erfüllung letztlich unerfüllbarer Wünsche verspricht, eine wichtige Funktion zu. Mit Werbung und Marketing wird ein zentraler Topos der Neuen Sachlichkeit aufgegriffen und gestaltet.[16] Geschickte Werbestrategien erzeugen bei wohlhabenden Klientinnen das Bedürfnis, sich teuren und teils schmerzhaften Schönheitsbehandlungen in elegantem Ambiente zu unterziehen. Zur Befriedigung dieses Bedürfnisses bietet der Schönheitssalon mit der fiktiven Adresse Pariser Platz 13 das volle Programm an, einschließlich des guten Gefühls, dass hier Exklusivität und Zugehörigkeit zur feinen Gesellschaft erworben, erlebt und ausgestellt werden können. Da diese regelmäßigen Behandlungen ihren Preis haben, fungiert die Beteiligung an diesem Spiel als sozialer Ausweis, der Status und Vermögen spiegelt. Wer im Salon ein- und ausgeht, kann sich nicht nur die vermeintliche Verschönerung des eigenen Körpers leisten, sondern gehört zur Berliner High Society dazu. Damit knüpft Vicki Baum unmittelbar an eine Entwicklung der 1920er an, in denen die „Schönheitspflege […] in bestimmten Milieus ein Muss“[17] wird. Und weiter gefasst ist Jung zuzustimmen:

> Mit Blick auf die Literatur von Frauen in der Weimarer Republik: diese Texte – nicht nur die erzählenden […], sondern auch die lyrischen bzw. feuilletonistischen – greifen die aktuellen, zeittypischen Diskurse und Problemfelder auf, mischen sich ein und gestalten (zuweilen) Alternativen.[18]

---

15 Vgl. Dieter Wrobel, 2010, Gina Kaus: Morgen um Neun. Vergessene Texte der Moderne wiedergelesen, in: Literatur im Unterricht. Texte der Gegenwartsliteratur für die Schule 2, S. 133-150.

16 Umso überraschender ist es, dass Vicki Baum in einschlägigen Überblicksarbeiten zur Komödie der Weimarer Republik gar nicht erst vorkommt. So fehlt eine Auseinandersetzung mit ihr, obwohl die Kategorie „Neuer Humor“ als Analogon zur „Neuen Sachlichkeit“ expliziert ist, z.B. in der ansonsten recht breit angelegten Darstellung bei Reinhold Grimm, 1976, Neuer Humor? Die Komödienproduktion zwischen 1918 und 1933, in: Die deutsche Komödie im zwanzigsten Jahrhundert, hrsg. von Wolfgang Paulsen, Heidelberg: Stiehm, S. 107-133.

17 Agnieszka Sochal, 2009, Literatur als Spiegel des Schönheits- und Jugendwahns auf der Grundlage des Romans *stud. chem. Helene Willfüer* und der Komödie *Pariser Platz 13* von Vicki Baum, in: Studia Niemcoznawcze XLIV, S. 315-323, hier S. 315.

18 Werner Jung, 2016, „Aber dann, am Ende wird alles gut wie im Märchen“: Zwei Erfolgsschriftstellerinnen der Weimarer Republik: Vicki Baum und Gina Kaus, in: JUNI. Magazin für Literatur und Kultur 51/52, S. 145-157, hier S. 149.

Dass die tatsächlichen Erfolge eher psychologischen als physiologischen Effekten zu verdanken sind, ist wenig überraschend. Der Salon ist eine Bühne, auf der geschickt verkauft und verdient wird, auf der Illusionen erzeugt und verstärkt werden und auf der – das wissen letztlich alle Beteiligten – ein einziger großer Schwindel[19] täglich neu inszeniert wird. Der Glaube an die Wirksamkeit sorgt für anhaltende Nachfrage und sichert diesem Schwindel seinen Fortbestand. Die vielgerühmte Helen-Bross-Methode zielt im Kern weniger auf das Aussehen der Kundinnen, sondern eher auf deren Befindlichkeiten, Selbstbilder und Statusbewusstsein sowie vor allem auf das Konto der cleveren Geschäftsleute im Hintergrund. Und dass im Institut von Helen Bross tatsächlich keine Schönheitswunder bewirkt, sondern allenfalls „Potjemkinsche Gesichter"[20] erzeugt werden, ist der Motor des Betriebs; solange niemand dies ausspricht, hält die Fassade, greift das geschickte Marketing.

Die Komödie umfasst drei Akte, die jeweils in zahlreiche, kurze Szenen gegliedert sind. Wann immer eine Figur auf- oder abtritt, beginnt sogleich die nächste Szene. Die zahlreichen Auf- und Abtritte sorgen für einiges Tempo im Bühnengeschehen. Das leitende Konstruktionsprinzip der Komödie ist ihre Verdoppelung. Denn nicht nur die Zuschauer sehen eine Komödie, sondern die Figuren selbst spielen im Stück miteinander eine Komödie rund um den Schönheitswahn. Weil die Figuren, sowohl die betuchten Klientinnen des Schönheitssalons als auch die Köpfe hinter der Geschäftsidee, wissen, dass die Massagen, Diäten, Tinkturen, Packungen und Wechselstromanwendungen nichts anderes sind als ein komödienhaftes Schauspiel, und weil die Zuschauer wissen, dass die Figuren dies wissen und trotzdem ihre Überzeugungen von Wirksamkeit aufrechterhalten und ausleben, erzeugt diese Verdopplung einige Situationskomik. Mehr noch: Die Damen der Berliner Gesellschaft, die sich im Salon behandeln und malträtieren lassen, werden als komische Figuren gezeigt, sie geben sich selbst dem Gespött preis und spielen ihre Rolle in der Komödie innerhalb der Komödie. Das geflüsterte Geständnis der Kundin Katja von Oncken bringt dies auf den Punkt: „Die Welt will beschwindelt sein, lassen Sie es doch dabei. Ich gehöre zu den Gescheiten, die den Schwindel durchschauen und den Mund halten." (III, 7, S. 139f.) Doch die Zuschauer wissen längst viel mehr, denn unter den betuchten Kundinnen findet sich keine, auf die die Bezeichnung „gescheit" zuträfe. Die eigene Logik hinter einer solchen Kennzeichnung wird in Katjas Schlussworten offenbar: „Alles, was hier im Salon geschieht, geschieht doch nur für das bisschen Mann!" (III, 13, S. 157)[21] Die zentrale Pointe bei alldem besteht darin, dass ausgerechnet ein Mann diese Komödie gefährdet und beinahe auffliegen lässt. Und hinter dieser Pointe steht

19 Der häufig genutzte Begriff „Schwindel" kann analog zum üblich gewordenen Begriff „Fake" aufgefasst werden.

20 Pieke Biermann, 2012, Menschen im Salon, in: Titel. Das Online-Kulturmagazin vom 8. Oktober 2012, https://titel-kulturmagazin.net/2012/10/08/menschen-im-salon/ (Abruf: 11.12.2020).

21 Diese implizite Zielgruppe ruft der Baum-Roman *stud. chem. Helene Willfüer* explizit auf; hier kreiert die Titelfigur ein Verjüngungspräparat für Männer.

auch eine literarische Reflexion der nicht eindeutig entscheidbaren Frage, ob hinter dem Logo der Neuen Frau nun eine „weibliche Errungenschaft der Moderne, [ein] männliches Konstrukt oder [eine] bizarre Modelaune“[22] zum Ausdruck kommen.

Der Salon des weltweit agierenden Schönheitskonzerns, der den Namen seiner angeblichen Gründerin und Erfinderin des Verjüngungsprogramms, Helen Bross, trägt[23], vermarktet höchst erfolgreich diese im Kern simple und durchschaubare Geschäftsidee: Wohlhabende Frauen mittleren und fortgeschrittenen Alters zahlen jede Menge Geld dafür, um mit allen Mitteln jünger und für die Männer attraktiver zu wirken. Zentrum dieser Marketingkampagne ist Helen Bross, eine 24-jährige Frau, die Werbeprospekte und -plakate als besonders jugendlich gebliebene 42-jährige Mutter zweier Söhne inszenieren. Auf diese Weise wird sie als bester Beweis für die Wirksamkeit ihrer Verjüngungsmethode verkauft. Sie reist um die Welt, besucht die Filialen in den Metropolen und behandelt eigenhändig die wichtigsten Kundinnen. Entsprechend groß ist die Aufregung, als die Kosmetik-Ikone ihren Berliner Salon am Pariser Platz höchstpersönlich aufsucht. Der erste Akt zeigt das Geschehen zu Beginn dieser Visite. Schnell wird deutlich, dass Helen Bross nicht nur als weibliche Schönheitsikone verehrt wird, sondern dass zwischen Helen Bross und den Damen im Salon die programmatisch-exzessive Nutzung von Kosmetika eine tiefe Verbindung stiftet. Helen ist eben nicht nur die begnadete Kosmetikerin in handwerklichem Sinne, sie setzt selbst Kosmetik ein, um überhaupt als Vorbild, als Idol funktionieren zu können. Dies verdeutlicht eine Regieanweisung: Helen Bross ist „sehr stark hergerichtet“ und ihre „Schönheit ist ein wenig auf das Plakatmässige überzogen, überlange Wimpern, herzförmig geschminkter Mund, Rouge auf den Wangen“ (I, 6, S. 20). Ein solches Make-up „entspricht dem Standard der 20er Jahre“, markiert aber zugleich eine Form von „Denaturalisierung […], wenn man sich durch das Make-up so inszeniert, wie es auf Werbeseiten und bei Filmstars der Fall ist“[24]. Helen Bross verbindet ad personam beide Welten, die der entrückten Stars, der Werbeplakate und die der schönheitssüchtigen Frauen Berlins. Damit wird sie zugleich zur Projektionsfläche der Sehnsüchte ihrer Kundinnen, denen sie – so die Werbung – dazu verhelfen kann, ebenfalls wie Stars auszusehen und zu wirken, sich aber mindestens so fühlen zu können.

In weiteren umfangreichen Regieanweisungen präzisiert Baum die Szenen des 1. Aktes. Dabei gibt sie nicht nur detaillierte Hinweise zur Ausstattung, zur Kostümierung oder zu den Räumlichkeiten, sie beschreibt auch die Interaktionen, so heißt es z.B., dass die Kundinnen von Kabine zu Kabine „getrieben“ (I, 1, S. 7) werden.

---

22 Veronika Hofeneder, 2013, Die „neue Frau“ – weibliche Errungenschaft, männliches Konstrukt oder bizarre Modelaune? Lektüren journalistischer Texte von Vicki Baum und Gina Kaus, in: Lifestyle – Mode – Unterhaltung oder doch etwas mehr? Die andere Seite der Schriftstellerin Vicki Baum, hrsg. von Susanne Blumesberger und Jana Mikota, Wien: Praesens, S. 37-59, hier S. 37.

23 Die Anspielungen auf die Konzerne von Elizabeth Arden und Helena Rubinstein sind deutlich, vgl. Bertschik, Die Ironie hinter der Fassade [Anm. 4], S. 199.

24 Lickhardt, Pop in den 20er Jahren [Anm. 9], S. 161.

Mehr noch: Die Regieanweisungen liefern Charakterisierungen zentraler Figuren, die weit umfassender angelegt sind, als nur deren Aussehen oder Habitus vorzugeben. Auffallend dabei ist die wiederholt genutzte Binäropposition hübsch – hässlich, um die sich im Salonbetrieb alles dreht. Die weiblichen Angestellten sind durchweg gepflegt, dezent gekleidet, unauffällig. Aus der Schar der Kundinnen werden zwei Exempelfiguren herausgehoben, es sind mondäne und moderne Frauen, die den Geldadel (Katja von Oncken) sowie den Typus der berufstätigen „Neuen Frau" (Architektin Alix Matthieu) repräsentieren. Alix ist eine „junge, frische und gut aussehende Frau" (I, 1, S. 8), die auch im Salon stets von „der Hast und Eile einer Frau, die sehr viel mit ihrem Beruf zu tun hat" (ebd.) angetrieben wird. Sie muss eines der „grossen Probleme der berufstätigen Frau" lösen: „Wann soll man sich eigentlich den Kopf waschen lassen?" (II, 11, S. 78) Zur Inszenierung der erfolgreichen Frau gehört auch, dass Alix sich mit einem jüngeren Geliebten, Pix (eigentlich Peter), umgibt, der, „ein wenig zu schick und ein wenig zu hübsch" (I, 3, S. 14), nur mühsam verbergen kann, dass er „nicht weit davon entfernt ist, ein Gigolo zu sein" (ebd.). Damit steht Alix als quasi transitorische Figur zugleich für „neue Geschlechterrollen und alte Schönheitsideale"[25], für den „conflict between commodification and emancipation"[26] und für ein Dilemma der Neuen Frauen der 1920er Jahre schlechthin. Allein die Tatsache, dass Baum Frauen ins Zentrum des Bühnengeschehens stellt, ist ein Ausdruck eines veränderten Weiblichkeitskonzepts.

> In Deutschland war die ‚Neue Frau' zu Beginn des 20. Jahrhunderts nicht mehr als ein Versprechen, eine Jahrhundertphantasie, die die literarische Zunft, und hier besonders die Schriftstellerinnen beflügeln sollte. Konstitutiv für diese ‚neue Frau' war ihr Verweilen in einem *status nascendi*, ihre Position auf der Schwelle zwischen alten und neuen Weiblichkeitsentwürfen, die zu einer neuen, der modernen Zeit angemessenen Synthese führen sollte […].[27]

Der Kosmetik- und Schönheitsmarkt ist geeignet, die angesprochenen Aushandlungen zu thematisieren. Die Frauenfiguren sind ambivalent; Alix und Helen beispielsweise haben berufliche Erfolge, sind ökonomisch unabhängig, sozial akzeptiert, eigenständig und unabhängig. Aber zugleich zeitigen sie für „Neue Frauen" unzeitgemäße Orientierungen, richten Selbstbild und Selbstinszenierung an der Wahrnehmung durch Männer aus. Die „Neue Frau" ist eben – noch – kein ausgehandeltes role-model, kein empirisch unterfütterter Lebensentwurf, sondern bleibt einstweilen von Suchbewegungen und Unsicherheiten gekennzeichnet.

Nur zwei Figuren sind ausdrücklich als Gegenentwürfe zu den ‚schönen Figuren' angelegt: Da ist zum einen der Geschäftsführer des Salons, Elias Greenwater, ein

25 Hofeneder, Die „neue Frau" [Anm. 22], S. 44.

26 Julia Feldhaus, 2016, Applying Makeup – The Aesthetical Pursuit oft the New Woman in *Pariser Platz 13* by Vicki Baum (1888-1960), in: Germanistik in Ireland, Yearbook of the German Studies Association of Ireland, Vol. 11, S. 139-152, hier S. 143.

27 Kerstin Barndt, 2003, Sentiment und Sachlichkeit. Der Roman der Neuen Frauen in der Weimarer Republik, Köln/Weimar/Berlin: Böhlau, S. 9.

„kleiner, hässlicher und verknautschter Mann" (I, 1, S. 9), der seine weibliche Kundschaft verachtet und nur geschäftsmäßige Höflichkeit an den Tag legt. Und zum anderen ist da die Figur der namenlos bleibenden „hässlichen Schauspielerin", die tatsächlich hofft, dank der Schönheitsbehandlungen ein Erscheinungsbild erlangen zu können, das ihr Erfolg einträgt: „Ich komme nicht aus Eitelkeit, mein Beruf verlangt Schönheit." (I, 5, S. 19) Allerdings verfügt sie nicht entfernt über die finanziellen Mittel, sich die Teilhabe am Salon leisten zu können. Denn die Preise richten sich, wie Elias ihr erklärt, „nach der Schwere des Falls" (ebd.). Hier setzt Baum eine Pointe im Kleinen, die pars pro toto für die Komödie steht: Wenn äußere Schönheit die Voraussetzung für den Beruf der Schauspielerin ist, dann ist eine „hässliche Schauspielerin" ein Widerspruch in sich, denn die Voraussetzung ist eben nicht erfüllt.

Das ist also das Ambiente im Salon: Geschäftigkeit trifft auf Geschwätzigkeit; die Angestellten spulen in Endlosschleifen ein Programm ab, damit sich die Kundinnen wohl und verschönt fühlen; diese wiederum delektieren sich an den Unzulänglichkeiten der anderen, am eigenen Attraktivitätszuwachs und an ihrer Bedeutung, weil und wenn sie von Helen Bross höchstpersönlich behandelt werden und von ihr Kalenderweisheiten mit Werbebotschaften verabreicht bekommen, die im Salonjargon euphemistisch als „Aphorismen" (II, 9, S. 71) bezeichnet werden.

Diese in Teilen boulevardesk daherkommende Komödie erzeugt ihre Komik auch durch die überzogen wirkenden Aktivitäten im Salon, die schnellen, oft in elliptischen Teilsätzen gesprochenen Dialoge, die Zeichnung der Figuren am Rande der Lächerlichkeit und nicht zuletzt durch den Auftritt der hässlichen Schauspielerin, die als Differenzfolie zunächst wie eine tragische Figur inmitten des Betriebs wirkt.

Doch zeigen sich im 2. Akt nur mühsam zu kaschierende Brüche im florierenden Betrieb und vor allem Blicke hinter die Kulisse des Salons. Gleich zwei unerwartete Ereignisse erzeugen unvorhersehbare Dynamik: Ausgerechnet der oberflächliche und leichtlebige Pix, heute könnte er wohl als It-Boy bezeichnet werden[28], äußert den Verdacht, dass Helen Bross deutlich jünger als 42 Jahre alt ist (vgl. II, 6, S. 66). Dass ausgerechnet er Helen und damit dem ganzen Betrieb auf die Schliche kommt, ist nicht ganz zufällig, denn er war wie sie als Werbeträger auf Plakaten für Hemdkragen zu sehen und daher kennt er die Tricks, mit denen die Werbung arbeitet. Doch dahinter steht eine grundsätzliche Ambivalenz. Pix fühlt sich zwar von Helen angezogen, zieht aber eine Liaison mit einer so deutlich älteren Frau nicht in Erwägung:

> PIX Ich kann mir nicht oft genug sagen: diese Helen Bross, die es so gut mit Dir meint, ist 42 Jahre alt, sie hat erwachsene Söhne, sie könnte Deine Mutter sein, mein lieber Pix. Und was dir Angst und Herzklopfen macht und – so – das ist nur der Schwindel des Salons de Beauté, nur ein bisschen Schwindel mit Puder und Creme und ich weiß nicht was – (ebd.)

28 Das Phänomen der It-People stammt just aus dem zeitlichen Umfeld der Baum-Komödie: Die Hollywood-Stummfilm-Schauspielerin Clara Bow gilt nach einem Filmauftritt aus dem Jahr 1927 als das erste It-Girl.

Außerdem hat er die Inszenierung des Salons, den „Schwindel“, längst durchschaut, aber das Mitspielen ist Teil seines erfolgreichen privaten Geschäftsmodells. Ausgerechnet ein Mann gibt sich keiner Illusion über die Wirkung von Kosmetika hin; auch das mag als Pointe im komischen Spiel gesehen werden. Seine Wirkung und die seiner Worte verfangen jedoch bei Helen, die sich unmittelbar darauf mit Elias zu einem Gespräch zurückzieht. Der vertrauliche Ton zwischen beiden irritiert zunächst, ebenso die Tatsache, dass Elias sie wegen ihrer Nähe zu Pix maßregelt. Dies erklärt sich im Laufe des Gesprächs, in dem deutlich wird, dass nicht Helen hinter der Helen-Bross-Methode steckt, sondern dass sie Elias’ Schöpfung ist und dass er der Kopf hinter dem Salon, der Vermarktung und den Werbekampagnen ist (vgl. Textauszug). Und ausgerechnet Pix, für Elias „ein Lump, ein Nichtstuer, ein Gigolo“ (II, 9, S. 73), wird nun zur Gefahr für das Kosmetikimperium. Diese Gefahr will Elias zum Schluss des 2. Aktes bei einem Aufeinandertreffen mit Pix ein für alle Mal ausschließen:

> ELIAS Ich bin das Helen-Bross-Institut! Ich bin der Vertreter des Schönheitsgedankens. Ich bin die ewige Jugend, der Triumph des edlen Körpers, der Sieg der Anmut. Ich bin der Herr hier – und wer mir ins Geschäft pfuscht, der fliegt hinaus! (II, 25, S. 109)

Doch sind die Dinge längst entschieden und nehmen eine andere Richtung. Der 3. Akt beginnt nach einer Liebesnacht, die Helen und Pix miteinander verbracht haben, nachdem sie ihm ihr wahres Alter offenbart hat. Damit droht öffentlich zu werden, was nicht öffentlich werden darf. Da das auch nicht im Interesse der schönheitsbesessenen Klientinnen ist, setzen sie sich dafür ein, das Stillschweigen wiederherzustellen. Vor allem ein Gespräch zwischen den beiden „Berufsfrauen“ (III, 10, S. 151) Helen und Alix spielt dabei eine wichtige Rolle. Und dabei geht es nur vordergründig um Pix, den die verliebte Helen inzwischen nur noch beim richtigen Namen, Peter, nennt. Trotz aller Emotionen verläuft das Gespräch wie eine Geschäftsbesprechung:

> HELEN *naiv* Ich wollte gern in aller Freundschaft mit Ihnen besprechen, wer von uns beiden ihn behalten soll.
> ALIX Wer von uns beiden… Aber das muss er doch eigentlich selbst entscheiden.
> HELEN Das ist es ja. Entscheiden kann Peter nichts. Das müssen schon wir Frauen für ihn tun.
> ALIX Ach, haben Sie das auch schon bemerkt? Der arme kleine Pix … und wir starken Frauen, nicht wahr? […]
> HELEN Ich weiß nicht, wer schuld ist. Ich sehe nur, dass Peter einen Knax weg hat.
> ALIX Qualitätsware, leicht beschädigt. (III, 8, S. 142f.)

Nach ihrem kurzen Ausflug in die auch wie ein Schwindel erscheinende emotionale Welt der Wahrheit, Wahrhaftigkeit und Liebe entscheidet sich Helen dann doch für die Fortsetzung des Geschäfts. Zur Erleichterung von Katja und Alix behauptet Helen Pix gegenüber, tatsächlich doch 42 Jahre alt zu sein, wissend, dass sie damit die amouröse Eskapade zum schnellen Ende bringt.

> HELEN Was wollen Sie, Pix? Schönheit – Schwindel! Jugend – Schwindel! Liebe? Auch Schwindel! […] Manchmal ist sogar der Schwindel nur Schwindel … […] Ich habe jetzt keine Zeit mehr für Sie, ich bin im Dienst.“ (III, 12, S. 155)

Helen Bross wird wieder zur Sachwalterin kosmetischer Präparate und Behandlungen, sie wird wieder zum Werbegesicht, zur Kunstfigur. Und um dem ganzen Schwindel Überzeugungskraft zu verleihen, hat Elias im Hintergrund eine Rundum-Behandlung der „hässlichen Schauspielerin" verlasst. Mit ihr ist nun „eine grosse Verwandlung" (III, 13, S. 155) geschehen, die in einer Regieanweisung wie ein „Theaterschwindel"[29] beschrieben ist. Elias führt die Figur als Beleg für die Wirksamkeit der Helen-Bross-Methode vor: „Sie sehen: wir schwindeln nicht – wir können!" (III, 13, S. 157) In der Komödie wird auch die enge Verbindung von Kosmetik und Make-up mit der Mode wiederholt angesprochen. Mit Blick auf *Pariser Platz 13* lässt sich Pfannkuche zustimmen, dass Mode auch die Funktion besitzt, einem Gegenüber zu vermitteln, wer man gern wäre bzw. wie man gern wahrgenommen würde.[30] In einem solchen Sinn ist der Salon ein Ort der Hochstapelei par excellence, denn alle Agierenden – Mitarbeitende wie Klientinnen – basteln mit klarer Rollenverteilung an der Selbst-Inszenierung, die sie um jeden Preis aufrechtzuerhalten versuchen: die einen, weil sie außerhalb des Salons reüssieren wollen, die anderen, weil sie im Salon ihren Lebensunterhalt verdienen. Und so wird am Pariser Platz 13 auch weiterhin Schönheit verkauft, gekauft und imaginiert. Und geschwindelt.

Jenseits der Verhandlung von Mechanismen des Körperkults ist Baums Komödie auch als ein Blick in ihren eigenen Spiegel zu lesen. Denn Parallelen zwischen Helen Bross und Vicki Baum sind mit Händen zu greifen. Die Autorin ist seit ihrem Engagement bei Ullstein selbst zu einer Inszenierung und Werbeikone geworden; sie gilt als „die erste multimedial vermarktete Persönlichkeit des deutschen Literaturmarkts"[31]. Der Ullstein-Verlag funktioniert wie der Bross-Salon: „Die Vermarktbarkeit war […] oberstes Gebot."[32] Als Ullstein-Autorin zur Marke aufgebaut, ist Vicki Baum bereits 1926 auf Veranlassung des Verlags „einer optischen Verjüngung unterzogen"[33] worden. Bei ihrer ersten USA-Reise erlebt Baum in einem New Yorker Arden-Schönheitssalon am eigenen Leib das, was sie die Klientinnen im Institut am Pariser Platz auch erleben lässt. In ihrer Autobiografie schreibt sie:

---

29 Bertschik, „Arbeit am Klischee" [Anm. 12], S. 131.

30 Patrick Pfannkuche, 2011, Vicki Baums Romane. Mode, Hochstapelei, Sexualität, Kassel: university press, S. 172. Die Trias aus Mode, Hochstapelei und Sexualität liefert auch das Motivgerüst für *Pariser Platz 13*. Dass Mode und Kosmetik unauflösbar verbunden sind, weiß auch Elias, der Helen zu einer anderen Frisur rät: „Steigende Konjunktur für Haare – Zusammenhang mit der Textilindustrie. Lamé und Samt werden lanciert, das bedingt Locken." (II, 9, S. 76)

31 Nicole Nottelmann, 1998, Pionierin der neuen Medien, in: Apropos Vicki Baum, hrsg. von Katharina von Ankum, Frankfurt a.M.: Neue Kritik, S. 133-136, hier S. 133.

32 Joan Weng, 2015, Ullsteins Hausmarke. Die Erschaffung der ‚Marke' Vicki Baum und ihre ironische Betrachtung durch die Autorin in der Komödie *Pariser Platz 13* (1930), in: „Der ganze Verlag ist einfach eine Bonbonniere". Ullstein in der ersten Hälfte des 20. Jahrhunderts, hrsg. von David Oels und Ute Schneider, Berlin: de Gruyter, S. 222-238, hier S. 233.

33 Ebd., S. 225.

> Am nächsten Tag gab ich mich in die Hände der Elizabeth Arden, die mich prompt in eine augenbrauenlose Platinblonde verwandelte, mir streng befahl, täglich fünf Mahlzeiten auszulassen – das sei bloß Willenssache –, und mich im Handumdrehen zu einem nervösen Schatten meiner Selbst niederhungerte. Am Ende der Behandlung sah ich noch immer nicht aus wie der Typ der unvergleichlichen Frauen und Töchter an der Oyster Bay, hatte aber genügend Selbstsicherheit gewonnen, für „Who's who" sechs Jahre von meinem Alter herunterzuschwindeln, die ich erst an meinem siebzigsten Geburtstag wieder zuzählte.[34]

In gewisser Weise kann man wohl Vicki Baum selbst hören, wenn sie Helen Bross ausrufen lässt: „Ich will kein Plakat sein, ich will ein Mensch sein, ich will jung sein, ich will mein eigenes Gesicht haben!" (II, 26, S. 113) Aber die Ironie liegt darin, dass beide – Baum und Bross – gerade davon gut leben, ein Plakat zu sein; auch deshalb bezeichnet Weng *Pariser Platz 13* als eine „bittere Komödie"[35]. Diese Nähe zwischen Autorin und Figur mündet in zahlreiche Selbstzitate und Selbstreferenzen, durch die Baum Teile ihrer (mode)journalistischen Texte für *Die Dame* und *Uhu*, den Roman *stud. chem. Helene Willfüer* (1928) und das eigene (Er-)Leben mit der Komödie *Pariser Platz 13* verbindet.[36] Und wenn Lickhardt für Baum feststellt, dass sie „teilweise wirklich [wurde], was die Werbung suggeriert"[37], dann gilt dies eben auch – gesteigert – für die autobiografisch angelegte Spiegelfigur Helen Bross.

Textauszug

HELEN Den ganzen Tag stehe ich im Geschäft – immerfort Frauen in Conservenbüchsen packen. Und abends sitze ich da und bin müde – und lerne Deine Aphorismen auswendig – und schaue Dir zu, wie Du Hörnchen in den Kaffee tunkst – –

ELIAS *legt erschreckt sein Hörnchen fort* Mein Kind, wenn du mir Vorwürfe machen willst, werde ich Dir etwas sagen: Weisst du noch, wieviel Geld bei uns im Hause war an dem Tage, an dem meine selige Schwester, Deine Mutter, gestorben ist? Ein halber Dollar war im Hause – und 37 Dollar hat Deine Mutter Schulden gehabt. *Er streckt die Hand aus über den Tisch, zieht sie aber wieder zurück.* Ich habe damals nachgedacht und nachgedacht – was soll ich mit Dir anfangen in dem grossen New-York? Ich, Elias Salomon Grünwasser aus Lundenburg in Mähren. Sommersprossen hast Du gehabt und schüchtern warst Du – Was hätte ich mit Dir anfangen sollen? Schreibmaschine? Jeden Tag zehn Stunden krumm sitzen? Für fünf Dollars die Woche? Zur Revue? – No – passt denn jemand aus unserer Familie zur Revue? – Da habe ich in der Zeitung gelesen einen Artikel über Schönheit. Das ist Konjunk-

---

34 Vicki Baum, 1987, Es war alles ganz anders. Erinnerungen, Köln: Kiepenheuer & Witsch, S. 423 [EA: 1962].

35 Weng, Ullsteins Hausmarke [Anm. 32], S. 233.

36 Zwischen Vicki Baum und Helen Bross sind neben ähnlichen Namen weitere Parallelen zu nennen; so haben beide zwei Kinder und leben ohne Mann. Auch biografische Ähnlichkeiten sowie werkreferentiell schließlich ähnliche Namen der Figuren Helene Willfüer und Helen fallen auf. Darüber hinaus hat Bertschik zahlreiche Selbstzitate aus den modejournalistischen Texten Baums in der Komödie nachgewiesen; vgl. Bertschik, Die Ironie hinter der Fassade [Anm. 4], S. 199ff.

37 Lickhardt, Pop in den 20er Jahren [Anm. 9], S. 80.

tur habe ich mir gesagt: Schönheit! Ein kleiner Einwanderer war ich in der grossen Stadt. Aber ich habe gerochen, was kommt – *fast andächtig* Schönheit, habe ich mir gesagt, Schönheit! *mit Schwung* Das wird das grosse Geschäft! Habe ich recht behalten? M e i n e Idee war das, mit Dir Reklame zu machen für die alten Weiber – eine Idee … *Er küsst seine Fingerspitzen.* Die grösste Propagandaidee des zwanzigsten Jahrhunderts! Aus dem kleinen Mädchen ist die grosse Helen Bross geworden. Da kannst du doch nicht mit dem ersten besten Kerl, der ins Geschäft gelaufen kommt, einen Flirt anfangen!

HELEN *kindlich trotzig* Er ist nicht der erste beste…

ELIAS Ich kann Dir sagen, er ist ein Lump, ein Nichtstuer, ein Gigolo; die Sorte kenn ich.

HELEN *naiv* Du hättest hören sollen, wie die Damen ihn gelobt haben.

ELIAS *schlägt die Hände zusammen* Gott im Himmel, ich habe nicht gewusst, wie dumm Du bist! Sie haben ihn gelobt?! Für was haben sie ihn gelobt? Soll ich dir sagen, für was sie ihn … […] Dieser Mann ist das Privateigentum einer Kundin und du hast ihn nicht anzurühren.

HELEN Und wenn ich auch einmal so ein Privateigentum haben möchte…

ELIAS Dumm bist Du! Das ist wie mit einem Rolls Royce. Man glaubt, man kann den Preis bezahlen und kauft sich das Auto, und es frisst Benzin, und es frisst Öl, und es frisst Steuern und es frisst Reparaturen und es frisst einen ganz auf. […]

ELIAS *steht auf und streicht ihr übers Haar* Du … *abbiegend* Du musst es jetzt länger wachsen lassen.

HELEN *blickt auf* Wieso?

ELIAS Steigende Konjunktur für Haare – Zusammenhang mit der Textilindustrie. Lamé und Samt werden lanciert, das bedingt Locken. *plötzlich* Du musst Schluss machen mit dieser Dummheit – […]

HELEN Aber ich –

ELIAS Das Geschäft geht vor –

(Auszug, II. Akt, 9. Szene, S. 71-76; Orthografie und Interpunktion folgen der verwendeten Ausgabe)

Didaktischer Kommentar

Da *Pariser Platz 13* kaum noch auf deutschen Bühnen gespielt wird und auch keine aufgezeichnete Inszenierung vorhanden ist, muss der dramendidaktisch wichtige Teilbereich der Aufführungsanalyse im Unterricht entfallen. Neben den aufführungsbezogenen Operationen „sprechen" und „spielen", durch die Schülerinnen und Schüler den Komödientext bzw. Teile daraus hör- und sichtbar machen können, bietet der Text weitere Zugänge für literarisches Lernen. Darunter sind Formen der Kontextualisierung besonders hervorzuheben:

Kontextualisierung I – Referenzialität des Lesedramas: Gerade die im Komödientext naturgemäß nicht gekennzeichneten Selbstzitate lassen sich ermitteln und miteinander abgleichen. In einer solchen Perspektive bezeichnet Bertschik die Komödie als „Lesedrama"[38], da erst die Kontextualisierung eine spezifische Dimension der Komik und der Ironie sichtbar werden lässt. Die Zuschaltung einiger modejournalistischer Texte Baums, auf die die Komödienfiguren anspielen bzw. die sie zitieren,

38 Bertschick, Die Ironie hinter der Fassade [Anm. 4], S. 203.

lenkt erst den Blick auf „implizite Ironisierung“[39] und damit auf eine Facette von Komik in der Literatur. Bertschik hat für die *Pariser Platz 13*-Ausgabe des AvivA-Verlags einige dieser journalistischen Texte ausgewählt und im Nachwort solche Referenzen gezeigt. Dadurch lassen sich zwei Perspektiven für den Unterricht ableiten: Zum einen können die Verwertungsmechanismen offengelegt werden, mit denen Vicki Baum Journalismus und Literatur zusammenführt. Dies eröffnet einen Blick in die schriftstellerische Produktionspragmatik und zeigt Funktionen von Intertextualität. Zum anderen wird so die thematisch-inhaltliche Virulenz der Komödie sichtbar, die unmittelbar auf Zeitgeistphänomene der späten 1920er Jahre hinweist.

Kontextualisierung II – Historische Bezüge: Dem kann sich die Recherche zur Werbung (Zeitungsanzeigen, Werbeplakate, Prospekte) für Kosmetika und Schönheitsbehandlungen aus dem Umfeld der 1920er Jahre anschließen. Dies und ergänzende Recherchen zu den Kosmetikimperien von Elizabeth Arden und Helena Rubinstein, die ja gewissermaßen als reale Patinnen für die Figur Helen Bross anzusehen sind, erlauben eine Vermessung des historischen Kontextes, vor dem *Pariser Platz 13* geschrieben worden ist. Nicht nur sprachliche und optische Gestaltung der historischen Werbekampagnen sind so zu analysieren, auch das in der Werbung vermittelte Frauenbild kann konkretisiert werden. Diese Hintergrundausleuchtung ist als Beitrag zum historischen Lernen mit einem literarischen Text zu begreifen, das sich um die Erarbeitung des Bildes der „Neuen Frau“ (Beispiele: Helen Bross, Alix Matthieu, Katja von Oncken, die hässliche Schauspielerin) in der Baum-Komödie und ggf. um die im Text angesprochenen Idealfrauen (beispielsweise Greta Garbo) erweitern lässt. So sortieren sich die Figuren und die Handlungen im Schönheitssalon in einen historischen Kontext ein.

Kontextualisierung II – Literarische Bezüge: Das Thema Schönheitswahn wird in der Literatur um 1930 wiederholt aufgegriffen, so in besonders böse-ironischer Form im Gedicht *Sogenannte Klassefrauen*[40] von Erich Kästner. In diesem Gedicht treibt Kästner das auf die absurde Spitze, was im Salon mit der Helen-Bross-Methode propagiert und realisiert wird. Zu fragen wäre, wie Kästner die „Klassefrauen“ und ihr an der jeweils aktuellsten Mode ausgerichtetes Handeln beschreibt. Zu fragen wäre ebenso, ob und inwieweit die Frauenfiguren aus *Pariser Platz 13* im Kästner'schen Sinne als Klassefrauen zu sehen sind. Hierzu können die Behandlungsmethoden und Schönheitswünsche der Komödienfiguren textbelegt ermittelt und denen des Gedichts gegenübergestellt werden.

39 Nicole Nottelmann, 2002, Strategien des Erfolgs. Narratologische Analysen exemplarischer Romane Vicki Baums, Würzburg: Königshausen & Neumann, S. 16.

40 Erich Kästner, 1930, Ein Mann gibt Auskunft, Stuttgart/Berlin: DVA, S. 48f.

Erich Kästner: *Sogenannte Klassefrauen* (1930)

Sind sie nicht pfuiteuflisch anzuschauen?
Plötzlich färben sich die Klassefrauen,
weil es Mode ist, die Nägel rot!
Wenn es Mode wird, sie abzukauen
oder mit dem Hammer blauzuhauen,
tun sie's auch. Und freuen sich halbtot.

Wenn es Mode wird, die Brust zu färben,
oder falls man die nicht hat, den Bauch ...
Wenn es Mode wird, als Kind zu sterben
oder sich die Hände gelbzugerben,
bis sie Handschuhn ähneln, tun sie's auch.

Wenn es Mode wird, sich schwarzzuschmieren ...
Wenn verrückte Gänse in Paris
sich die Haut wie Chinakrepp plissieren ...
Wenn es Mode wird, auf allen Vieren
durch die Stadt zu kriechen, machen sie's.

Wenn es gälte, Volapük zu lernen
und die Nasenlöcher zuzunähn
und die Schädeldecke zu entfernen
und das Bein zu heben an Laternen,
morgen könnten wir's bei ihnen sehn.

Denn sie fliegen wie mit Engelsflügeln
immer auf den ersten besten Mist.
Selbst das Schienbein würden sie sich bügeln!
Und sie sind auf keine Art zu zügeln,
wenn sie hören, daß was Mode ist.

Wenn's doch Mode würde, zu verblöden!
Denn in dieser Hinsicht sind sie groß.
Wenn's doch Mode würde, diesen Kröten
jede Öffnung einzeln zuzulöten!
Denn dann wären wir sie endlich los.

Close reading und Analyse einer Textstelle: Keine andere längere Textstelle aus Baums Komödie erlaubt so dezidierte und differenzierte Einblicke in die Gedankenwelt hinter dem Salon wie die im Textauszug dokumentierte. Daher kann sie für eine detaillierte Kommentierung herangezogen werden. Da ist zunächst Elias Greenwater, der im Rückblick offenbart, aus welcher sozialen Situation (Einwanderer in die USA am Rande der ökonomischen Überlebensfähigkeit, der nach dem Tod seiner Schwester seine Nichte mit durchbringen muss) die Idee der Schönheitskampagne geboren worden ist. Er verdeutlicht zugleich, dass alternative Existenz- und Aufstiegsmodelle für die Nichte (Sekretärin, Revuegirl) nicht in Frage kommen, dass er als Nobody eine zündende Geschäftsidee ersonnen hat („die grösste Propagandaidee des zwanzigsten Jahrhunderts", II, 9, S. 72) und dass er der Schöpfer der Kunstfigur Helen Bross ist. Im Moment der Bedrohung dieser Idee kujoniert er Helen und untersagt ihr jede weitere Beziehung mit Pix, denn das „Geschäft geht vor“ (II, 9, S. 76). Auffallend ist auch, dass er gleich fünfmal das Adjektiv „groß“ im Positiv und Superlativ verwendet. Dies deutet an, dass Elias nicht entfernt gewillt ist, sein Geschäftsmodell, das er als größer betrachtet als die persönliche Befindlichkeit seines Geschöpfs Helen Bross, in Frage zu stellen. Und dann ist da Helen, die sich als müde, erschöpfte Marionette beschreibt und aus der Werbe- und Verkaufsmaschinerie aussteigen will, weil sie glaubt, durch Pix eine lebenswerte Alternative in die Hände bekommen zu haben. Der sich hier offenbarende Konflikt wird nicht konsensual aushandelbar sein, eine Partei wird ihre Position räumen müssen. Dass dies die nach außen als stark inszenierte Helen sein wird, deutet sich im Dialogausschnitt bereits an.

Bross-„Aphorismen“ über weibliche Schönheit: Eine genaue Betrachtung lohnen auch die als „Aphorismen“ (II, 9, S. 71) bezeichneten Sprüche und Kalenderweisheiten über weibliche Schönheit, die Elias erfindet und die Helen auswendig lernen und ihren Kundinnen ins Ohr träufeln muss. Hiervon gibt es im Komödientext eine ganze Reihe, beispielsweise „Wir müssen jung und schön sein, meine Damen, dann liebt man uns. Und wenn man uns liebt, dann bleiben wir jung und schön“ (I, 6, S. 21), „das Altwerden einer Frau beruht auf einem Aberglauben“ (I, 6, S. 22), „es gibt keine alten Frauen, und es gibt auch keine hässlichen Frauen“ (I, 6, S. 23), „Die Haarfarbe ist ein Spiegel der Frauenseele und ändert sich, wenn die Seele sich ändert“ (I, 6, S. 23f.), „Es gibt keine hässliche Frau. Aus jeder Hässlichkeit lässt sich ein Reiz gewinnen“ (I, 8, S. 28) und viele mehr. Die Zusammenstellung dieser Sprüche zu einem Zitatmosaik lässt sich nutzen, um das darin enthaltene Frauenbild kritisch zu reflektieren; zugleich kann gefragt werden, warum gerade solche Sprüche so einen ungemeinen Erfolg bei den Bross-Kundinnen erzielen. Zu berücksichtigen ist, dass dieses Frauenbild von einem Mann (Elias) formuliert und von einer Frau (Helen) vorgetragen wird. Insofern ist hierbei die Doppelsinnigkeit von Frauen(selbst)bildern und Bildern, die Männer von Frauen haben bzw. zu konkreten Zwecken (ökonomischer Gewinn) einsetzen, zu unterscheiden. Nebenbei kann verhandelt werden, ob diese Sprüche tatsächlich als Aphorismen bezeichnet werden können, ob sie tatsächlich eine Lebensweisheit oder Erkenntnis vermitteln, oder ob es sprachliche und inhaltliche Leerformeln sind, die lediglich schmeicheln und zum Konsumieren anregen sollen.

Aktualisierung: Recht naheliegend ist es zu prüfen, ob die Werbe- und Kommunikationsstrategie, ob der ganze „Schwindel“ ein rein historisches Zeitphänomen der auslaufenden 1920er Jahre ist oder ob nicht doch aktuell in vergleichbarer Weise mit und für Schönheit(sprodukte) geworben wird. Eine Bild- und Textanalyse aktueller Werbekampagnen und/oder TV-Formaten wird wohl ergeben, dass die Geschehnisse rund um den Salon am Pariser Platz 13 mit nur sehr geringer Abweichung auch rund 90 Jahre später genauso erfolgreich sind, dass mit der Suche nach dem Mittel für ewige Jugend und Schönheit nach wie vor Kasse zu machen ist.

Komik und Komödie: Im Sinne einer gattungstypologischen Einordnung des Textes kann in eher theorieaffinen Unterrichtskontexten erarbeitet werden, was eine

Komödie kennzeichnet und welches Komikverständnis darin deutlich wird. Zur Ausleuchtung solcher eher literaturhistorischen bzw. -systematischen Fragen können Schülerinnen und Schüler zunächst ihr Alltagsverständnis oder fachlich unspezifische Verwendungszusammenhänge der Begriffe Komödie und Komik zusammentragen und dies dann mit Auszügen aus Komödien- und Komiktheorien von Aristoteles bis Tom Kindt abgleichen und hierbei zentrale Begriffe wie Inkongruenz oder „Kipp-Phänomen“[41] konturieren. Qua Referat können hierzu ausgewählte Positionen[42] vorgestellt werden und auf ihre Passung zu Baums *Pariser Platz 13* abgeglichen werden.

41 Wolfgang Iser, 1976, Das Komische: ein Kipp-Phänomen, in: Das Komische, hrsg. von Wolfgang Preisendanz und Rainer Warning, München: Fink, S. 398-402, hier S. 399.

42 Hierzu eignet sich der Reader Texte zur Theorie der Komik, hrsg. von Helmut Bachmaier, Stuttgart: Reclam, 2005, der jedoch aktuelle Positionen, etwa von Tom Kindt, 2011, Literatur und Komik. Zur Theorie literarischer Komik und zur deutschen Komödie im 18. Jahrhundert, Berlin: Akademie, nicht berücksichtigt.

Über die Autor(inn)en

PROF. DR. THOMAS BOYKEN ist seit Oktober 2019 Professor (W1) für Kinder- und Jugendliteratur an der Carl von Ossietzky Universität Oldenburg. Seine Forschungs- und Arbeitsschwerpunkte sind: Kinder- und Jugendliteratur vom 18. bis zum 20. Jahrhundert, Medialitätstheorien, Dramentheorie, Narratologie und Geschlechtertheorien.

PROF. I.R. DR. DR. H.C. HANS-HEINO EWERS war bis 2014 Direktor des Instituts für Jugendbuchforschung der Goethe-Universität Frankfurt/Main. Gegenwärtig Lehrbeauftragter am Buchwissenschaftlichen Zentrum der Ludwig-Maximilians-Universität München und an der Humboldt-Universität zu Berlin. Zahlreiche Publikationen zu Theorie, Geschichte und Gegenwart der Kinder- und Jugendliteratur im deutschsprachigen Raum

PD DR. INES HEISER ist Privatdozentin für Neuere deutsche Literatur und ihre Didaktik am Institut für Neuere deutsche Philologie der Philipps-Universität Marburg und Studienrätin mit den Fächern Deutsch und Geschichte sowie Mitherausgeberin der Zeitschrift *Deutsch. Unterrichtspraxis für die Klassen 5-10*. Ihre Forschungsschwerpunkte sind die Rezeption älterer Stoffe in der Gegenwartsliteratur, Literarisches Lernen, Genderperspektiven in der Literaturdidaktik sowie handlungs- und produktionsorientierter Literaturunterricht.

PD DR. NICOLA KÖNIG ist Privatdozentin für Neuere deutsche Literatur und ihre Didaktik am Institut für Neuere deutsche Philologie der Philipps-Universität Marburg und Oberstudienrätin mit den Fächern Deutsch und Biologie. Ihre Forschungsschwerpunkte sind der digitale Deutschunterricht, das materialgestützte Schreiben, Genderperspektiven in der Literaturdidaktik sowie der handlungs- und produktionsorientierter Literaturunterricht.

KARIMA LANIUS hat Philosophie, Germanistik und Literaturwissenschaft studiert und wurde in der germanistischen Literaturwissenschaft mit dem Thema *Unter Narren. Eine Untersuchung ‚satirischer Zustände'* promoviert. Seit Oktober 2020 ist sie als wissenschaftliche Mitarbeiterin im Projekt „KoLidi" (Kollaborative Literaturgeschichte digital und interaktiv) an der Universität Paderborn angestellt. Zeitweilig war sie als Sprachlehrerin in Integrationskursen tätig, woraus sich ihr Interesse an vormoderner Literatur und Didaktik ergibt. Darüber hinaus liegen ihre Forschungsschwerpunkte im Bereich von Literatur und Sprache der Vormoderne (12.-18. Jahrhundert) und der deutschsprachigen Satire.

PIA-MAREN MOHR ist Assessorin des gymnasialen Lehramtes (2. Staatsexamen) für Deutsch und katholische Religion. Seit 2019 ist sie wissenschaftliche Mitarbeiterin am Zentrum für Lehrerbildung der Philipps-Universität Marburg mit einem Dissertationsprojekt am Lehrstuhl für Neuere deutsche Literatur und Literaturdidaktik. Darin untersucht sie Zusammenhänge von Ethik und Ästhetik in Jugendliteratur nach und über Ausschwitz und ihre Transformationen angesichts etwaiger Medienwechsel. Weitere Schwerpunkte in Forschung und Lehre sind Lyrikdidaktik und Medienreflexionskompetenz.

FRANZISKA PLETTENBERG ist wissenschaftliche Mitarbeiterin am Institut für Neuere deutsche Literatur der Philipps-Universität Marburg (Bereich NdL und Literaturdidaktik). Ihre Forschungsschwerpunkte sind die Interrelationen von Literatur und Recht in der deutschsprachigen Gegenwartsliteratur sowie die Untersuchung von Kriminalliteratur im Spannungsfeld von Literaturwissenschaft und Didaktik.

PROF. DR. DIETER WROBEL hat seit 2008 den Lehrstuhl für Didaktik der deutschen Sprache und Literatur an der Universität Würzburg inne. Sowohl Literatur-, Sprach- und Mediendidaktik für alle Schulformen und -stufen als auch die Entwicklung und Evaluation von Unterrichtsmodellen und -materialien sowie die Literatur des 20. und 21. Jahrhunderts sind seine Forschungsschwerpunkte.

Beiträge zur Didaktik der deutschsprachigen Gegenwartsliteratur

Herausgegeben von Jan Standke und Dieter Wrobel

5 Jan Standke (Hg.): **Schriftstellerin, Juristin, Zeitgenossin. Das Werk Juli Zehs in literaturdidaktischer Perspektive**

Aus dem Inhalt: J. Standke: Literatur, Identität und ihre Kontexte bei Juli Zeh. Perspektiven für die Literaturdidaktik, den Literaturunterricht und die Gegenwartsliteraturforschung · W. von Bernstorff: Juli Zehs Reiseerzählung *Die Stille ist ein Geräusch* (2002) im Kontext der Debatte um den Jugoslawienkrieg · S. Bernhardt: Fremdverstehen in und durch Juli Zehs Kinderbuch *Das Land der Menschen* (2008) · W. Karg: Juli Zehs Roman *Corpus Delicti* (2009) im Unterricht zum Erwerb fachsprachlicher Kompetenz · H. Berner: "Wer nicht die Wahrheit sagte, log noch lange nicht." Literaturdidaktische Überlegungen zu erzählerischer Unzuverlässigkeit in Juli Zehs Roman *Nullzeit* (2012) · H. Ullrich: Kriminalroman und Dorfgeschichte. Die Suche nach dem Glück in Juli Zehs *Unterleuten* (2016) · S. Huber: Wenn Essays erzählen. Reflexionen über Fiktionalität und Erzählperspektive in Juli Zehs Essays · C. Kull: "Ich bin, was ich poste" – Ausgewählte Essays Juli Zehs und die Frage nach Privatheit und Öffentlichkeit im digitalen Raum. Anregungen für den Deutschunterricht der Sekundarstufen

ISBN 978-3-86821-852-7, 280 S., kt., € 35,00

4 Carlo Brune, Ines Theilen (Hg.): **"Wellenritt in riffreicher Zone". Gegenwartslyrik im Unterricht**

Aus dem Inhalt: A. Bers: Grundlagen der aktuellen Lyriktheorie an Gedichten der Gegenwart vermitteln. Ein (hochschul-)didaktisches Beispiel und seine systematische Basis · J. Mayer: Vergegenwärtigte Erfahrung. Zugänge zur Gegenwartslyrik in literarischen Gesprächen · P. Bekes: Dinggedichte und poetische Stillleben. Gedichte von Jan Wagner und Durs Grünbein im Deutschunterricht · C. Brune: "Seitenstreifen". Heterochronotopien in der Lyrik Nora Bossongs und ihre didaktische Relevanz · I. Henke: Lyrics übersetzend erschließen. Leonard Cohen im Deutschunterricht · S. Post: „Alles endet aber nie die Musik“. Didaktische Potenziale und Anschlussmöglichkeiten deutschsprachiger Raptexte im Literaturunterricht

ISBN 978-3-86821-817-6, 194 S., 8 Abb., kt., € 26,50

3 Jan Standke, Dieter Wrobel (Hg.): **Krankheit erzählen. Texte der Gegenwartsliteratur und Perspektiven für den Literaturunterricht**

Aus dem Inhalt: S. Brandt: "Die Wörter fliegen." Narration, Poesie und Kunst im Bilderbuch als Ausdruck von Bewältigungsstrategien bei Krankheit im Lebensumfeld von Kindern · A.-C. Meyer-Klose: Was tun, wenn die grauen Tage die blauen überwiegen? Kinder am Beispiel von Monika Feths *Die blauen und die grauen Tage* für den Umgang mit Demenzerkrankten sensibilisieren · F. Böttger: Die Thematisierung von Krebs in den digitalen Spielen *Re-Mission*, *That Dragon Cancer* und im Jugendroman *Sieben Minuten nach Mitternacht* von Patrick Ness und Siobhan Dowd. Didaktische Potentiale verschiedener medialer Zugänge

ISBN 978-3-86821-813-8, 298 S., 20 Abb., kt., € 34,50

2 Jan Standke (Hg.): **Gegenwartsliteratur im inklusiven Deutschunterricht**
ISBN 978-3-86821-705-6, 282 S., 34 Abb., kt., € 29,50

1 Jan Standke (Hg.): **Wolfgang Herrndorf lesen**
ISBN 978-3-86821-683-7, 286 S., kt., € 27,50

Wissenschaftlicher Verlag Trier · Bergstr. 27 · 54295 Trier
Tel.: 0651/41503 · Fax: 0651/41504 · www.wvttrier.de · wvt@wvttrier.de · www.facebook.com/wvttrier